NENN ES NICHT
MYSTERY

Yumi Tamura

NENN ES NICHT MYSTERY

INHALT

Wobei es gar nicht mehr so früh ist.

»Der Winter blüht im Morgen auf.«*

Jap.

Heute ist ein perfekter Tag für Curry.

TATÜ

TATA

SCHRRRT

SCHRRRT

FLAPP FLAPP

FLAPP

FLAPP

*Auszug aus dem *Kopfkissenbuch* von Sei Shonagon (ca. 1000 n. Chr.)

So muss das sein.

Die Kartoffeln sind schon zerkocht.

Beginnen wir wieder mit dem Aufkochen.

Also dann.

FLACKER FLACKER

Die dürfen keinesfalls fehlen.

ZACK

ZACK

Dann gibt man noch einen Berg an grob geschnittenen Zwiebeln hinzu.

KLICK

Oder doch lieber paniertes Hackfleisch?

Die gebe ich oben drauf.

Ich glaube, heute werden es Kroketten.

Was nehme ich als Beilage?

BRODEL

Oh?

Ich komme!

Einen Augenblick bitte!

Ich bin es, Ihr Vermieter.

Kuno-san*?

DING

DONG

*höfliche, geschlechtsunabhängige Anrede

5

Polizei ...

Gestatten, Yabu. Vom Revier Odonari.

Ich will mich kurz mit Ihnen unterhalten.

KATSCHAK

Ja, bitte?

Diese Herren haben nach Ihnen gefragt.

Verzeihen Sie die Störung.

Hey!

Pfff!

Ruhe jetzt!

Der klingt ja bescheuert!

Also, Kunosan ...

... lautet mein Name »Totono«.

Man liest das Zeichen wie »geordnet sein«.

Demnach ...

Oder liest man das »Hitoshi«?

Also, Ihr Name war Kuno ...

Vorname »Sei«?

Waren Sie allein?

Es hat ziemlich gut gerochen!

... und habe Curry gekocht.

Nun ...

Ich war lediglich hier zu Hause ...

Mit Hähnchen, nicht wahr?

Ganz schön kühl.

Ja, war ich.

Können Sie mir sagen ...

... wo Sie sich gestern gegen zehn Uhr abends aufgehalten haben?

6

Meinen Sie etwa ...

Im nahe gelegenen Park wurde ein Leichnam entdeckt.

Könnte in unserer Gegend etwas vorgefallen sein?

Ach ja.

... den Sagae ...

Sie kennen ihn, nicht wahr?

Ein gewisser Ken Sagae.

... aus meiner Uni?

Seit heute Morgen herrscht ein ganz schöner Aufruhr.

Aber wir haben uns doch gar nicht nahegestanden.

Wir wollen Ihnen ein paar Fragen stellen.

Überrascht wirken Sie jedenfalls nicht.

Ob das so ist, werden wir ja dann sehen.

Ich wüsste nicht, was ich Ihnen erzählen könnte.

Dafür begleiten Sie uns doch sicher aufs Revier, oder?

Herrje. Was für ein Jammer.

Dann warten Sie bitte noch kurz.

TSCHAK

Ich muss meinen Herd ausstellen.

Ich frage Sie noch mal ...

Wo haben Sie sich gestern gegen zehn Uhr abends aufgehalten?

Polizeirevier Odonari

Polizeirevier Odonari

Anti-Gewalt-Monat

Personen, die Ihre Aussage bezeugen können ...

KATSCHAK

... gibt es aber nicht, oder?

Nein.

Sie haben keinen Fuß mehr vor die Tür gesetzt?

Das ist er.

Nein.

... und dann auch dort geblieben bin.

Ich sagte bereits, dass ich nach der Uni direkt nach Hause gegangen ...

Sagen Sie ...

Wir hatten keinerlei persönliche Beziehung zueinander.

Warum haben Sie das nicht erwähnt?

... mit dem Opfer in einer Klasse waren, nicht wahr?

Kuno-kun*.

... wie hat er auf Sie gewirkt?

Als sein Mitschüler ...

Aber stimmt, das war im letzten Jahr.

Es stimmt doch, dass Sie während der High-school ...

*Anrede für Jungen und jüngere Männer

Ich höre eine gewisse Missgunst aus Ihren Worten heraus.

Konnten Sie ihn etwa nicht leiden?

Insgesamt ein sorgloser Schicki-micki-kerl.

Sie haben ja viel über ihn zu sagen.

Seinem Vater hat irgendeine Firma gehört.

Verwandte im Parlament hatte er ebenfalls.

Das hat sich in seinem Taschengeld widergespiegelt.

Er hatte Geld wie Heu.

Ähm ...

... Sie haben ihn als Opfer bezeichnet, korrekt?

Also möchten Sie ihn nicht.

Aus diesem Grund hatten wir auch nichts miteinander zu tun.

Er kam ja auch nie auf mich zu.

Er gehörte zu der Sorte Mensch, die ich eher meiden wollte.

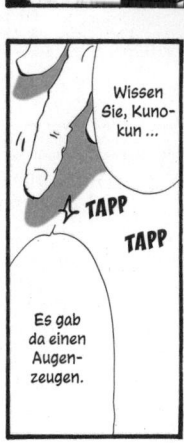

Wissen Sie, Kuno-kun ...

TAPP

TAPP

Es gab da einen Augenzeugen.

... und Sie mich verdächtigen, ihn umgebracht zu haben?

Liege ich richtig in der Annahme, dass er ermordet wurde ...

Ihre Kopfform ist ziemlich unverkennbar.

Ach ja?

Da muss eine Verwechslung vorliegen.

Deshalb war es auch ein Leichtes für uns, Sie ausfindig zu machen.

Zur geschätzten Tatzeit ...

... wie Sie sich im Park in der Nähe Ihrer Wohnung ...

... mit dem Opfer gestritten haben.

... wurden Sie von jemandem dabei gesehen ...

Und überhaupt ...

... den Sie gut kennen?

Handelt es sich bei diesem Zeugen um jemanden ...

Trotzdem soll dieser Zeuge meine Kopfform deutlich erkannt haben.

Hat sie auch etwas über meine Kleidung ausgesagt?

Was hat diese Person denn dort gemacht?

Das Ganze soll sich im Saigozaka-Park ereignet haben, nicht wahr?

Dort müsste es ziemlich dunkel gewesen sein.

Aber es bestünde ja die Möglichkeit, dass ich einen Zwilling oder dergleichen habe.

Leider nicht.

Ist das denn so?

Ich bin Ihnen immerhin gleichermaßen unbekannt.

Trifft das Gleiche nicht auf mich zu?

Der Zeuge ist nur ein kooperativer Außenstehender.

Selbstverständlich nicht.

Bitte?

Aber wie kommt es, dass dieser Zeuge ...

... Ihrer Meinung nach die Wahrheit sagt ...

... während alles, was ich von mir gebe ...

... von Ihnen als Lüge abgestempelt wird?

Vielleicht unterschlägt sie Informationen, die nur ihr bekannt sind ...

... wodurch sie die Sache zu ihren Gunsten drehen kann?

... um sich mit einer Falschaussage zu schützen?

Wäre es denn nicht möglich ...

... dass diese Person sich als Zeuge gemeldet hat ...

Ganz schön vorlaut.

Boah, der ist nicht auf den Mund gefallen.

Und ich glaube kaum ...

... mich einer Tat zu beschuldigen ...

... die ich gar nicht begangen habe.

Ich habe mir nichts zuschulden kommen lassen.

... dass die Polizei tatsächlich so töricht wäre ...

... bleiben Sie aber ganz schön gefasst.

Hm.

Dafür, dass Sie des Mordes verdächtigt werden ...

Aoto.

Wie heißen Sie?

Das Gleiche gilt für Sie.

Oder sind Sie solch ein Tor ...

Wer ist hier der eigentliche Tor?!

Es wird Ihnen nicht gefallen ...

... aber Sie müssen morgen noch mal kommen.

Wieso denn?

Mann, legt der sich grad echt mit Yabu-san und Aoto-san an?!

... Yabu-san?

So ein freches Gör!

Furomitsu, der Tee ist ja nur lauwarm!

Ich muss sie zu sehr verhätschelt haben!

Ich habe meine Tochter wie einen Schatz behandelt ...

... aber für sie bin ich jetzt nur noch ein »müffelnder Nervsack«.

Hoffe, dass es kein Mädel wird.

Ikemoto.

Ihr beide seid doch quasi gleich alt.

Typisch antiautoritäre Jugend, was?

Sorg nicht für zü viel Furore, Furomitsu!

Man macht keine Witze über meinen Namen, Otobe-san.

Nur weil dein Haustier gestorben ist, heißt das noch lange nicht, dass du einfach zu spät kommen kannst!

Entschuldigung ...

Hä?

Du bist auch ganz schön aufsässig!

Wissen wir noch nicht.

Bursche oder Mädel?

Hey, ich werde nächstes Jahr immerhin Vater!

12

Furomitsu!

Du hast hier nix zu suchen!

Ja-wohl!!

Furomitsu, hallo.

Ich bin Ikemoto.

Ich heiße Otobe.

Der zweite Tag

Haben Sie Ihre Tochter mit Herzblut aufgezogen?

Was?

Sehen Sie sich eigentlich als Kindernarr?

Also, du kennst die Frage ja schon ...

Wo hast du dich am Elften gegen zehn Uhr abends ...

Sind Sie deswegen etwa verärgert?

Trotzdem müssen Sie sich von ihrer Tochter anhören, dass Sie »müffeln« ...

... und Ihre Klamotten getrennt von ihren waschen sollen, nicht wahr?

Er ist bei allem dabei! Elterntage, Abschlussfeiern und was nicht alles!

Mit diesem Gesicht, ey!

Das komplette Gegenteil von Yabu-san!

Man würde fast meinen, dass er kein Polizist wär!

Ha, da triffst du den Nagel auf den Kopf!

Ha ha ha!

Was soll das?

Deswegen wird er auch nicht befördert!

Das ist eine natürlich angeborene Trotzreaktion.

... das dürfen Sie Ihrer Tochter nicht übel nehmen.

Wissen Sie ...

Hey ...

Sag mal ...

... willst du etwa vom Thema ablenken, Kuno?

Die Nachkommen, die daraus entstehen ...

... kommt es vor, dass Weibchen ihre Väter ...

... nach der Geschlechtsreife unwissentlich wiedersehen.

Bei den meisten Tieren ist es so ...

... werden dann anfällig für genetische Defekte.

Aus diesem Grund ...

... dass sie nicht mit ihrem biologischen Vater zusammenleben.

Mehr steckt nicht dahinter.

... dass Sie als Partner für sie nicht infrage kommen.

Ein Mechanismus, der ihr mitteilt ...

Diese Aversion, die Ihre Tochter Ihnen gegenüber zeigt ...

... ist bereits in ihrer DNA verankert.

Ihre Sorge, sie verhätschelt zu haben ...

Alles ist so, wie es sein soll.

... ist somit unbegründet.

... noch haben Sie einen unangenehmen Körpergeruch, Otobe-san.

Ihre Tochter ist weder aufsässig ...

Na ja, ab und zu schon.

... aber offenbar haben Sie bei Ihrer Tochter den richtigen Weg eingeschlagen.

Es mag Sie vielleicht verletzen, Otobe-san ...

... sind die eigentlich missratenen Kinder.

... die es nicht schaffen, von ihrer Mutter loszukommen ...

... und davon reden, ihren Papa heiraten zu wollen ...

... oder auch Söhne ...

Töchter, die in diesem Alter noch an ihrem Vater hängen ...

Ihr Kind reift zu einer anständigen Erwachsenen heran.

Machen Sie sich also keine Vorwürfe für Ihre Erziehung.

Und deshalb ...

... können Sie sich glücklich schätzen.

KATANG

Stimmt das eigentlich, was du da gesagt hast?

Sag mal ...

KRATZ

Es ist zumindest eine Theorie, die einen Erklärungsansatz liefert.

Du gibst ziemlich komisches Zeug von dir.

J... Ja?

Furomitsu.

Y... Yabusan?

Ich red mal mit meiner Frau.

Und meiner Ansicht nach klingt sie recht plausibel.

Jawohl ...!

Verzeihung!

Du musst dich nicht so von ihm rumschubsen lassen, nur weil du eine Frau bist!

Und hör auf, so zu zittern!

Ja...

Jawohl!

Sicher die Fingerabdrücke von dem Typen.

16

Sie haben sie lange Zeit gesund gepflegt ...

... ist sie gestorben, oder?

Yabu-san hat nicht mal seine Frau und sein Kind getroffen, als sie im Sterben lagen ...

Aber kaum verschwand sie aus Ihren Augen ...

Es war eine Katze, oder?

... ist ein Luxus, den man sich bei der Polizei nicht erlauben kann!

Aber sich von der Arbeit freizunehmen, weil man deprimiert ist ...

Hat einfach so das Zeitliche gesegnet, als sie kurz nicht hingeschaut hat!

Du hast ja Ohren wie ein Luchs, was? Ja, es stimmt.

Ich vermute ...

Katzen ...

... werden generell nicht gerne beobachtet.

... den Moment, in dem sie aus der Welt schied ...

... wollte Ihre Katze nicht mit Ihnen teilen.

Bei Katzen ...

... ist das vollkommen normal.

18

Diese Eigenschaft haben nicht nur Katzen.

... hatte zum Ende hin immer jemanden an der Seite ihres Krankenbettes.

Meine Großmutter mütterlicherseits ...

Gerade weil Ihre Katze Sie so lieb gewonnen hatte ...

... wollte sie Ihnen diesen Moment nicht zeigen.

... dass sie beim Sterben nicht gesehen werden wollte ...

... und letztendes auch wirklich nicht gesehen wurde.

Sie war eine willensstarke, freundliche Dame.

Daher wundert es mich nicht ...

Meine Mutter bedauerte diesen Umstand sehr.

Aber ich bin überzeugt, dass meine Großmutter es so wollte.

... als niemand da war.

Aber als hätte sie darauf gewartet, ist sie in jenem Augenblick gestorben ...

... und ihre rücksichtsvolle Art.

Sowohl meine Großmutter ...

... hatten ihren Stolz ...

... als auch Ihre Katze ...

Dann möchte ich doch lieber von Furomitsu-san festgenommen werden.

Wenn ich mal ein Verbrechen begehen sollte ...

Puh ...

... hoffe ich, dass Sie nicht derjenige sind, der mich verhaften wird, Ikemoto-san.

Als ob man sich aussuchen könnte, wann man ins Gras beißt!

Erzähl mir nix!

Das war hundertpro Zufall!

Ähm ...

... erlauben sich einen Spaß mit mir, hab ich recht?

Sie ...

Na komm! Hau alles raus, was du zu sagen hast!

Hä?

Hast du et-wa ...

... ein Verbrechen begangen?

Aber das tue ich doch gar nicht.

Überhaupt ...

... nur weil ich eine Frau bin!

Sehen Sie nicht auf mich herab ...

... von den Männern auf dem Revier herumschubsen lassen.

Vielmehr müssen Sie aufpassen, dass Sie sich nicht ...

Ich bin nicht derjenige ...

... vor dem Sie sich diesbezüglich in Acht nehmen sollten.

Ah!

Ja-wohl!

Hey, Furomitsu!

Was lungerst du hier noch rum?!

Es tut mir leid!

... ist doch die Rolle, die Sie hier innehaben, oder etwa nicht?

Genau das ...

Wie?

Wie hast du das denn jetzt herausgefunden?!

Vermutlich haben Sie sich mit Ihrer Frau gestritten, oder?

Ist denn bei Ihnen alles in Ordnung, Ikemoto-san?

Du hörst dich selbst ...

... wohl gerne reden, was?

Find ich irgendwie witzig.

HOLTER DI POLTER

Sag mal, Kuno-kun.

Wachtmeister Yuto Ikemoto

Woher weißt du das nun schon wieder?!

Also?

Sie ist jetzt im fünften!

Meine Frau ist halt immer mies gelaunt, irgendwie ...

Im wievielten Monat ist sie denn?

Tja ...

Also ...

Zunächst einmal ist Ihr Hemd nicht gebügelt.

Gestern sahen Sie nicht so aus.

Und Ihre Schuhe sind auch schmutzig.

Dabei tragen Sie andere Kleidung.

Wenigstens dafür könnte sie sich doch mal dankbar zeigen.

Dafür bringe ich aber immer den Müll raus und so!

... wodurch sie sich ein wenig alleingelassen fühlt.

Deshalb komm ich kaum noch nach Hause ...

Ich hab eben viel zu tun und so!

... entsorgen Sie den Müll denn?

Inwiefern ...

Also wär's schön, wenn sie einfach verstehen würde, dass das bei der Polizei nun mal so läuft.

Aber alle erzählen sich, dass Yabu-san früher so gut wie nie nach Hause gegangen ist.

Huh?

Muss kurz nachdenken ...

Zwei ...? Moment, drei?

Wie viele Mülleimer befinden sich in Ihrem Haus?

Na ja, ich bring ihn halt dahin, wo er später abgeholt wird.

Inwiefern?

Ich nehm eigentlich nur ...

... die vollen Mülltüten mit ...

Puh ...

Erst dadurch steht der Müll am Ende zur Entsorgung bereit.

... fängt das bereits damit an, ihn im Haus aufzusammeln.

Wenn man Müll entsorgt ...

Und dafür soll Ihre Frau sich dankbar zeigen?

Mit ihrem jetzigen Körper ist das alles sicher viel Arbeit für sie.

Und bis dahin muss man sich all die Mühe machen.

Der Biomüll muss im Spülbecken getrocknet werden

... das man danach auch wieder säubern muss.

Außerdem muss man ihn vorher auch trennen.

Nebenbei muss man im Auge behalten, dass noch genug Müllbeutel im Haus sind.

Anschließend muss man die Müllbeutel ersetzen.

Yabu-san.

Sagen Sie ...

Hätten Sie etwas dagegen, wenn ich meine Seminare besuchen würde?

KATSCHAK

Hey, Ike-moto!

Deine Schuhe sind mir 'n bisschen zu sauber.

Ich gehe sofort Ermittlungen anstellen!

23

Oder fangen Sie hinten an.

Beschreiben Sie Ihren Tagesablauf ab mittags.

Zu Hause, wie gesagt.

Wo waren Sie am Elften ...

... gegen zehn Uhr abends?

Puh, also ...

Ich erwarte Sie übrigens morgen wieder.

Dann wird es halt die zweitbeste Note.

Mir kommen die Tränen.

Also, ich frage Sie erneut...

Und wenn man auch nur einmal fehlt ...

... kann man nicht mehr die Bestnote in seinem Kurs bekommen.

Einer meiner Dozenten macht Anwesenheitskontrollen.

Es ist ungewöhnlich, dass Sie sich jetzt schon so sicher sind.

Verlassen Sie sich etwa auf Ihre Intuition?

Jede Wette.

... dass Kuno-kun wie jemand wirkt, der mehrere Leichen im Keller versteckt?

Finden Sie ...

Er war's.

Dann hätte er diese auch versteckt.

Bei uns ist schon seit heute Morgen die Hölle los.

Wie geht's?

Am dritten Tag

Kannst du noch kurz warten?

... der Fall wird von uns gelöst.

Dieser Fall gehört mir. Selbst wenn das Hauptquartier anrückt ...

24

Wir haben übrigens sieben Mülleimer.

Nicht zu fassen, dass meine Frau das die ganze Zeit gemacht haben soll.

Und auch bei Briefumschlägen oder kleinen Kartons ...

Ich hatte ja gar keine Ahnung!

Nach deiner Ansprache ...

Ach ja ...

... Kuno-kun.

Sie war auch total überrascht von mir.

Ach ja ...

Selbst die Flaschen und Dosen.

... muss man die Materialien voneinander trennen, oder?

Ich dachte, die kümmern sich bei der Anlage um so was.

Davor hab ich immer noch zusammengetackerte Dokumente weggeworfen.

... hab ich mich gestern mal komplett um den Müll gekümmert.

Aber weißt du ...

... so sehr freuen würde.

Dass sie sich über so 'ne Kleinigkeit ...

... hat sie angefangen, zu weinen.

Als ich ihr gesagt habe, dass ich auf dem Nachhauseweg noch Mülltüten kaufen werde, weil wir bald keine mehr haben ...

Das freut mich.

Ähm ...

Dürfte ich reinkommen?

Wegen gestern ...

Solange ich sie damit glücklich mache ...

... will ich mich nicht darüber beklagen.

25

Nun ja ...

Ich glaube ...

... dass es eine dritte Sorte von Mensch bräuchte, damit wir perfekt ausbalanciert wären.

Was zum Gucken? Als ob.

Etwa als Zielscheibe? Oder Maskottchen? Als Mädchen für alles? Um eine Quote zu erfüllen? Oder damit die anderen was zum Gucken haben?

Was gibt es denn noch für Gründe?

Sie haben von meiner Rolle hier gesprochen ...

Was meinten Sie damit?

... und bestenfalls noch im gleichen Maße vertreten ist.

Lediglich eine weitere Gattung, die eine völlig andere Denkrichtung verfolgt ...

Freie Kombination

Damit meine ich jetzt kein drittes Geschlecht oder dergleichen.

Männer, Frauen und ...

... noch eine weitere Gruppe.

Häh?

... konspirieren oft miteinander ...

... um ihre Untaten verüben zu können.

Aber alte Männer ...

... insbesondere die in einflussreichen Positionen ...

Ich weiß ...

... dass das, was jetzt kommt ...

... ziemlich tollkühn und voreingenommen klingen mag.

Allerdings ...

... sobald auch nur eine Frau ihre Dynamik stört.

... wird das für die alten Männer schwieriger ...

Da ist was dran!

In den Nachrichten hört man nix anderes mehr.

Ha ha ha ha

Sie sprechen sich im Geheimen ab ...

... und schieben sich gegenseitig Schwarzgeld zu.

*Hinweis: Reine Fiktion

Sogar diejenigen, die selbst keine Übeltäter sind ...

... kehren die Verfehlungen der anderen unter den Teppich.

... sie tun sich selten zusammen ...

... um gemeinsam zu rebellieren.

Sosehr sie auch unterdrückt werden ...

... erheben sich Frauen nicht als Gruppe.

Doch ...

... zumeist ...

Ihre scheinbar feste Allianz gerät ins Wanken.

Sie würde solche Taten niemals gutheißen.

Liebhaber mal ausgenommen.

... in Schach halten kann.

Das ist der Grund, weshalb ich mir noch eine weitere Gattung wünsche.

Nämlich eine, die die Ungerechtigkeit, die durch diese alten Männer entsteht ...

... passiert es schnell, dass sie von alten Männern hintergangen, bedroht und letzten Endes vertrieben wird.

Wenn ...

... eine Frau auf sich selbst gestellt ist ...

... ein wachsames Auge haben.

Dass Sie auf diese alten Männer ...

Und genau darin sehe ich Ihre Funktion, Furomitsu-san.

Und das sollten Sie auch weiterhin tun.

... weil Sie einer komplett anderen Gattung angehören.

Aber diese Macht hat keine Bedeutung ...

... ist es nicht gerade einfach, sich zu behaupten, oder?

In diesem Gefüge patriarchalischer Machtspielchen ...

Wir haben die Tatwaffe gefunden.

Das reicht mir als Bestätigung.

Aber ich benutze es praktisch nie.

Ja, das tue ich.

Eins mit solch einer Scheide?

Es vereinsamt seit Ewigkeiten in meiner Schublade.

Es besteht kein Zweifel, dass Sagae-kun mit diesem Messer ermordet wurde.

Auch die Analyse der Wundenform ergab eine Übereinstimmung.

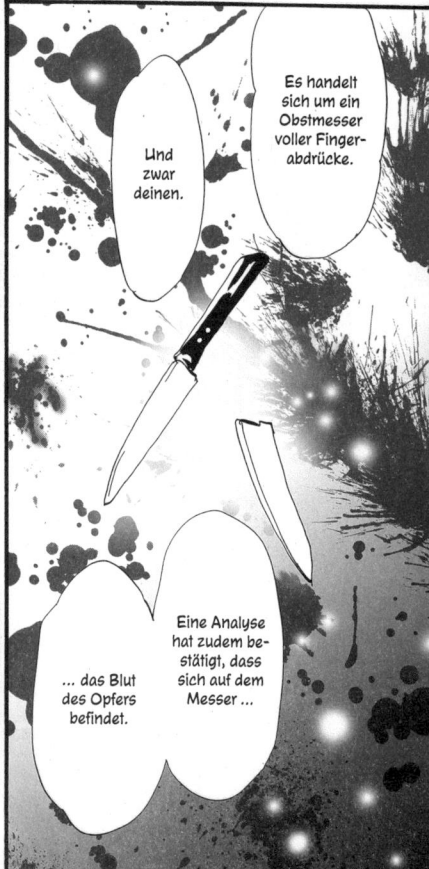

Und zwar deinen.

Es handelt sich um ein Obstmesser voller Fingerabdrücke.

Eine Analyse hat zudem bestätigt, dass sich auf dem Messer ...

... das Blut des Opfers befindet.

Du dachtest wohl, du wärst die Waffe los, was?

Vielleicht interessiert es dich ...

... die stets überprüft, was die Anwohner so wegwerfen.

... dass die pingelige Dame dort zugegen war ...

Zudem scheinen Sie bestens über die Müllentsorgung informiert zu sein, Kuno-kun

Wir haben sie ein paar Blöcke weit entfernt von deiner Wohnung gefunden.

Du hast wohl gehofft, dass die Waffe mit dem restlichen Abfall entsorgt werden würde.

Bei einer Müllablage.

Was?

Halten Sie mich für derart unterbelichtet?

Natürlich war auch dieser mit deinen Fingerabdrücken übersät.

Das Messer war in einem Müllbeutel verpackt, der im Markt in deiner Nachbarschaft erhältlich ist.

So ist das eben.

Man begeht Fehler, die man sonst nicht machen würde.

Damit soll ich dann Sagae erstochen ...

... und es mit bloßen Händen in einen Müllbeutel aus dem örtlichen Markt gesteckt haben, um es anschließend wegzuwerfen.

Ich soll also ein Obstmesser mit meinen Fingerabdrücken verwendet ...

... und weder daran gedacht haben, es abzuwischen, noch Handschuhe zu tragen.

... jemand hat mir das Messer entwendet ...

Oder aber ...

Entweder ...

... habe ich dieses Messer verwendet ...

Trotzdem ...

Wer vorhat, jemanden umzubringen ...

... Handschuhe angezogen und Sagae damit erstochen.

... um Sagae umzubringen.

... gäbe es immer noch zwei Möglichkeiten in diesem Fall.

... dem kommt die Vernunft abhanden.

Wie können Sie sich also so sicher sein, welcher dieser Fälle eingetreten ist?

In beiden Szenarien stünden wir nun da, wo wir jetzt sind.

Falls du glaubst, dass du uns noch ewig mit deinem Geplapper volldröhnen kannst, irrst du dich gewaltig!

PACK

Yabu-san!

Wir haben Beweise gegen dich, verdammt noch mal!

Mir reicht's!

Du
warst
es!

Du
hast ihn
getötet!

Spuck's
schon end-
lich aus,
Kuno!

Keine
Ausflüchte
mehr!

Ich habe
ein ziemlich
gutes Ge-
dächtnis.

Wissen
Sie ...

Was
...?

Alles, was
Sie zu mir
gesagt haben
und wie Sie
gerade mit mir
umgehen ...

Falls ich
wirklich ver-
haftet und
angeklagt
werden
sollte ...

Yabu-
san.

... werde
ich in allen
Einzelheiten
wiedergeben.

... werde
ich alles
offenba-
ren.

... und
das Ganze
dann vor
Gericht
kommt ...

Yabu-san ...

Jemand hat meine Frau und meinen elfjährigen Sohn überfahren und ist anschlie-ßend geflüchtet.

Ja ...

Es stimmt.

Iek!

Hat er das von dir, Ike-moto?!

Ver-zei-hung!

Konnten Sie Ihre Familie nicht se-hen ...

... als sie im Ster-ben lag?

Das ist uns nicht gelun-gen.

Noch nicht.

Nun ...

Aus Ihrem Mund klingt das ja äußerst selbstlos.

Haben Sie den Täter ausfindig gemacht?

Da ich mich im Beschat-tungsdienst befand, konnte ich auch nicht so einfach weg.

Das war im vor-letzten Som-mer.

Ich sagte doch ...

Ich habe es nicht getan.

Und dich übrigens auch.

Aber bald werde ich ihn fassen.

34

N... Natürlich gerät man da ins Schwitzen!

Das kommt alles so plötzlich!

Oho, konnten wir dich endlich ins Schwitzen bringen, ja?

Wir werden jetzt dein Haus durchsuchen.

Bitte?!

Der Wisch wurde uns ausgehändigt.

Alles klar.

Wir können.

Oder versteckst du auf deinem Laptop irgendwelche schmutzigen Geheimnisse?

Das wird sicher ganz großes Kino!

Ach ja?

Pflanzt du etwa Hanf in deinem Wandschrank an?

Das liegt doch auf der Hand!

Können Sie das nicht nachvollziehen?

Und weswegen?

Sie dringen einfach so in meine Privatsphäre ein!

Bitte lassen Sie mich dazulernen.

Nein, ich will mitkommen.

Ich komme mit ...

Du bleibst gefälligst hier!

Ikemoto! Wir gehen!

Okay!

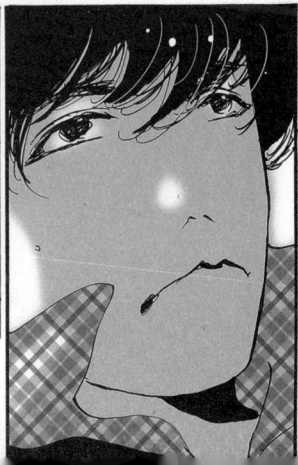

Irgendjemand muss ja zurückbleiben.

Und was ist mit Ihnen, Aotosan?

Furomitsu ...

... hat an Rückgrat gewonnen, was?

Dann komm halt mit.

...

Ich danke Ihnen vielmals!

Also.

... Totono Kuno-kun?

Bist du der Mörder ...

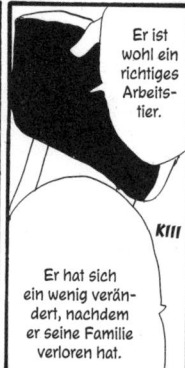

Er ist wohl ein richtiges Arbeitstier.

Er hat sich ein wenig verändert, nachdem er seine Familie verloren hat.

KIII

Es hat den Anschein, als würdest du versuchen, Ikemoto und Furomitsu auf deine Seite zu ziehen ...

Bei uns hat immer noch Yabusan das Sagen.

Aber das wird nichts bringen.

Ich hatte noch vor, einen Friseurtermin wahrzunehmen ...

Ähm ...

Könnten Sie mich vielleicht gehen lassen?

Sie wollen sich gar nicht vorstellen ...

... was passiert wird, wenn ich sie so lasse.

Wenn ich meine Haare aber nicht regelmäßig pflege ...

Deshalb muss ich gelegentlich zum Friseur, um sie zu bändigen.

... fangen sie an, sich unkontrolliert zu kräuseln.

Da muss ich Sie enttäuschen.

Die sind von Natur aus so.

Ist das etwa eine Dauerwelle?

Einen Friseurtermin?!

Ich habe Ihr Gesicht schon einmal gesehen.

An das Gefühl, das Opfer zu erstechen?

Tatsächlich ...

... kann ich mich an etwas erinnern.

Nebenbei bemerkt, Aoto-san ...

Natürlich nicht.

Soll das etwa eine Drohung sein?

Sie gerieten unter Beschuss ...

... da Sie jemanden fälschlicherweise eines Verbrechens bezichtigt hatten, oder?

Als ich in der Mittelstufe war ...

... habe ich beim Friseur mal eine Zeitschrift gelesen.

Soweit ich weiß, ging es um einen Serienmörder, der jüngere Mädchen entführt hat.

Damals waren Sie in einem höheren Dezernat tätig, nicht wahr?

Hat man Sie degradiert?

Die Person, die Sie verhaftet haben, war unschuldig.

Krummer Kommissar

... und eine Serie über Sie drehen.

Schuldig

Unschuldig

Vielleicht wird man Sie den »Krummen Kommissar« nennen ...

Haben Sie erneut vor, eine unschuldige Person festzunehmen?

Ihr Gedächtnis ist wirklich beeindruckend.

Auch jetzt glaube ich noch ...

Jedoch war dieser Kerl definitiv ...

... dass er der Täter gewesen sein muss.

... nicht unschuldig.

Klingt nicht schlecht.

Adieu, sinnlose Ermittlungen!

... garantiert der wahre Täter befindet.

Dann wüsste ich zumindest, dass sich unter den Figuren ...

38

Und solltest du dich als Täter herausstellen ...

... gilt das auch für dich.

Er kann kein zweites Mal für die gleiche Tat angeklagt werden ...

... aber irgendwann kriege ich ihn noch zu fassen.

TOCK

Ich war damals zu nachlässig.

TOCK

Mir ...

... ist es nur nicht gelungen, seine Lügen zu widerlegen.

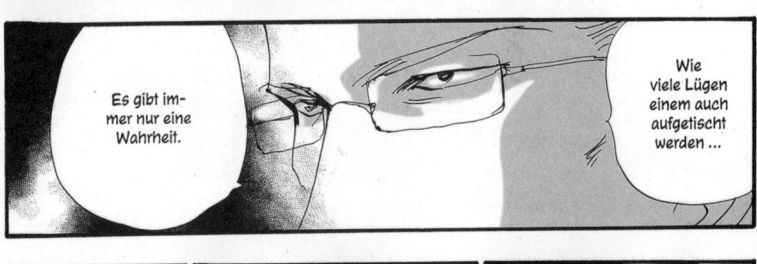

Es gibt immer nur eine Wahrheit.

Wie viele Lügen einem auch aufgetischt werden ...

Was soll das hei-ßen?

Aoto-san ...

Was?!

Bitte?

Ist das Ihr Ernst?

Was für ein Unsinn.

Willst du mir etwa weismachen, dass es zwei oder drei Wahrheiten geben soll?

Ist Ihnen gar nicht bewusst, dass es eben nicht nur eine Wahrheit gibt?

Ich hätte nie gedacht, dass es wirklich Leute gibt, die solche abgedroschenen Filmtexte zitieren.

»Es gibt immer nur eine Wahrheit« ...

... besteht sie natürlich darauf, dass es sich um Absicht gehandelt hat.

Da Person B andauernd von Person A schikaniert wird ...

Stellen wir uns ein Szenario mit den Personen A und B vor.

Glauben Sie wirklich?

Diese stoßen auf der Treppe aneinander, woraufhin Person B hinunterstürzt und sich verletzt.

Auch dieses Mal seien die beiden nur unglücklich aneinandergestoßen.

... und ihr Handeln nur als bloße Be Stichelei wahrnimmt.

... dass Person A sich ihres schikanierenden Verhaltens gar nicht bewusst ist ...

Dazu sei gesagt ...

... dass es zwei Wahrheiten gibt.

... dass es zwei Wahrheiten gibt.

Keiner von beiden erzählt dementsprechend eine Lüge.

Und das bedeutet ...

Ist das so, ja?

Denken Sie das wirklich?

Also war es wirklich nur ein unglücklicher Zufall, oder nicht?

... interpretiert Person B in diesen Vorfall doch nur zu viel hinein.

Nun ...

Wenn Person A in Wahrheit keine bösen Absichten gehegt hat ...

TOCK

TOCK

TOCK

Wenn noch eine weitere Person die gesamte Situation beobachtet hätte ...

... würde sie womöglich wieder ganz andere Eindrücke mit uns teilen.

Menschen können die Dinge lediglich aus ihrer Perspektive betrachten.

Das ist alles, was wir feststellen können.

Ihre Aussage hat also so viel Wert wie die von Person B.

Dass keine Form von Schikane stattgefunden hat ...

... ist allein die Ansicht von Person A.

Aber bei Kriegen oder Konflikten ...

... hat jede Seite unterschiedliche Auffassungen darüber, wer was getan haben soll.

So was läuft am Ende doch nur auf Erbsenzählerei hinaus.

Solange niemand über göttliche Fähigkeiten verfügt ...

... werden wir niemals die ganze Wahrheit wissen können.

TOCK

Verstehen Sie, Aoto-san?

Für Person A existiert nur ihre Version der Wahrheit.

Und das Gleiche trifft auch auf Person B zu.

Selbst wenn niemand von ihnen lügen ...

... widersprechen sie sich garantiert.

... oder ihre Aussagen überspitzen würde ...

Ebenso nicht nur zwei oder drei.

Es gibt nicht immer nur eine Wahrheit.

TOCK TOCK TOCK

... gibt es so viele Wahrheiten, wie es Menschen gibt.

Tatsächlich ...

... gibt es nur eine Realität.

Und diese verrät, was sich ereignet hat.

Und dennoch ...

TOCK

Sobald wir uns von diesen schwammigen Wahrheiten mitreißen lassen ...

... kommt es zur Verurteilung unschuldiger Menschen.

Das herauszufinden, ist die Aufgabe der Polizei.

Die Wahrheit eines Einzelnen ist hierbei unwesentlich.

In diesem Fall ...

... sind Person A und B aufeinandergestoßen ...

... woraufhin Person B sich verletzt hat.

Nur ...

... dass ich es nicht getan habe.

Und?

Was zur Hölle willst du mir damit sagen?

Aoto.

Wie steht's um den Kerl?

Sie sind zurück?

43

Dieses Muster für einen Schuldschein beweist ...

Das hier befand sich auf deinem Laptop.

Es gab einen Fund.

Schuldschein

Gläubiger: Ken Sagae

Summe: 50.000 Yen*

Hiermit bestätige ich, mir Darlehen in Höhe der oben stehenden Summe aufgenommen zu haben.

Die Summe wird bis zum TT.MM.YYYY zurückgezahlt. Mir ist bewusst, dass dieses Darlehen mit einem Zinssatz von ___ % versehen ist.

... dass du dir von Sagae-kun Geld leihen wolltest.

Der offizielle Bericht ist nicht mehr hier.

Notizen zu einem alten Fall.

Solche Typen lässt man am besten einfach reden.

Er plaudert wie ein Weltmeister.

Wie lief die Hausdurchsuchung?

Was hast du da?

*entspricht etwa 320 Euro

Dort sind wir auf eine Liste mit mehreren Leuten gestoßen ...

Wir haben auch die Wohnung von Sagae-kun durchsucht.

Das Dokument wurde noch nicht unterzeichnet ...

Schuld

Gläubiger:

Summe: 5

Hiermit bestätige ich in Höhe der oben ste... ...n zu h...

... denen er anscheinend Geld geliehen hat.

... oder etwa doch?

... aber die Absicht dahinter lässt sich nicht abstreiten ...

... und hast ihn im Eifer des Gefechts im Park erstochen.

Offensichtlich bist du wegen Geldproblemen mit Sagae aneinandergeraten ...

So langsam könnten wir deinem Schmierentheater mal ein Ende setzen ...

... findest du nicht?

Sagae-kun war sicher jemand ...

... aber du konntest ihn schon während eurer Schulzeit nicht leiden

Bis zuletzt mag er keinen schlechtesten Ruf gehabt haben ...

... und dadurch ziemlich unausstehlich war, oder?

... der immer mit seinem Geld prahlen musste ...

Du würdest gut daran tun, einfach zu gestehen.

... war lediglich, dass er eine Frohnatur war, die viele Leute um sich geschart hat.

Der Grund, warum ich ihm aus dem Weg gegangen bin ...

... viele teure Geschenke gemacht.

Seine Eltern haben ihm sicherlich ...

Ich habe ihn gar nicht so prahlerisch wahrgenommen. Tatsächlich war er ziemlich großzügig.

Und beim Geldleihen war er ...

Bestimmt hatte er auch Erfolg bei den Frauen.

Wolltest du so sein wie er?

Dann war es also Neid?

...

Als unser Abschlussjahr anfing, hat er ...

Was ist?

Die Nacht verbringst du heute hier.

Wie auch immer.

Kuno?

Ach stimmt ja! Ganz schön kooperativ von ihm.

Nein. Noch ist er ja freiwillig hier.

Wurde er schon über sein Recht zu schweigen informiert?

Er ist plötzlich so ruhig geworden.

Ein Geständnis ist dann nicht mehr nötig.

... dürfte es kein Problem sein, einen Haftbefehl zu erwirken.

Mit der jetzigen Beweislast ...

Es ist fast schon zu bequem, wie die Indizien auf ihn hindeuten ...

Seine Haare haben angefangen, sich zu kräuseln.

Lassen wir ihn mit seinen Gedanken allein.

Egal.

Ob er sich geschlagen gibt?

In Wahrheit dürfen wir dir nix geben.

In alten Krimiserien bekommen die Verhörten ja immer Katsudon* serviert.

Wenn du willst, kannst du dir Essen hierherbestellen.

Eigentlich bist du noch freiwillig hier und könntest einfach gehen ...

Du hast doch sicher Hunger.

*Schnitzel auf Reis

Hatten Sie wieder Streit mit Ihrer Frau?

Na so was.

GUCK GUCK

LÄCHEL LÄCHEL

KNITTER KNITTER

Ich hab echt gedacht, dass du es nicht warst.

Würd echt gern wissen, was eigentlich passiert ist.

Irgendwie zieht mich das ein bisschen runter.

Ich würd echt gern deine Meinung dazu hören.

Das hier ist doch keine Therapiesitzung.

Wie schön, dass du mich verstehst!

Ach ja?

Ganz genau! Du hast das natürlich sofort gewusst, oder?

Magst du auch nach dem Grund fragen?

Lieber nicht.

Am vierten Tag

47

Wie willst du dich denn mit so einem Namen auf einen Job bewerben?

Ich glaube einfach, dass wir unserem Kind damit das Leben schwer machen würden.

Und wer weiß, ob es hinterher nicht deswegen gemobbt wird?

Du hattest es bestimmt nicht leicht, oder?

Du hast mit »Totono« ja auch einen seltsamen Namen.

Die anderen haben mich immer »Totoro« genannt.

»Geordnet sein« ...

Okay, das ist irgendwie goldig.

Meine Frau will unbedingt, dass unser Kind einen eher ungewöhnlichen Namen bekommt.

Hör mal ...

Es ist so ...

Darüber haben wir uns gestritten.

Komm, red weiter!

Jetzt geht's los!

Ui ui!

...

... habe ich meine Heimat besucht.

...

Ende letzten Jahres ...

Wie siehst du das, Kuno-kun?

Am liebsten wär mir ja ein Name, der super nullachtfünfzehn klingt.

...

Er hat mir ein paar Dinge über seine Eltern und Großeltern erzählt.

... haben wir auch ausnahmsweise mal über Gott und die Welt reden können.

Da mein Vater ausnahmsweise mal da war ...

Heutzutage würde niemand mehr so heißen.

Es kamen lauter Namen vor, die furchtbar altmodisch geklungen haben.

Was ich aber am bemerkenswertesten fand ...

... waren die Namen der Leute, über die er gesprochen hat.

Ich habe zum ersten Mal etwas über meine Verwandten vom Lande erfahren.

Es war recht interessant.

Selbst unsere Eltern haben teilweise Namen, die heute eher unüblich sind.

Trotzdem hat sich die Namensgebung seitdem grundlegend verändert.

Dabei sind wir gerade mal zwei bis drei Generationen voneinander entfernt.

Insofern ...

... die wir als ungewöhnlich empfinden werden.

... dass in den nachfolgenden Generationen Namen vorkommen werden ...

... dürfte es ganz normal sein ...

Unsere Namen ...

... haben hierzulande einen auffallend starken Wandel durchlaufen.

Wenn wir weiter zurückgehen ...

... die ganz anders klingen.

... stoßen wir erneut auf Namen ...

... zum Beispiel in die Meiji- oder in die Edo-Zeit* ...

*Meiji-Periode: 1868–1912 n. Chr., Edo-Periode: 1603–1867 n. Chr.

Oha?

Ich kann an meinen Händen abzählen, wie oft ich meinen Namen aus dem Mund meines Vaters gehört habe.

Wie oft werden Sie das im Vergleich schon tun, Ikemoto-san?

... wird Ihre Frau Ihr Kind am häufigsten bei seinem Namen nennen.

Und letztendlich ...

Zwei Generationen später ...

... wird sie jeder als normal wahrnehmen.

Leuchtet ein!

Oder nehmen wir den Namen »Mizuki«.

Wenn Sie hierfür »Meer« und »Mond« verwenden, kann das auch »Qualle« bedeuten.

Das könnte dazu führen, dass Ihr Kind von anderen getriezt wird.

... Sie möchten Ihr Kind »Shinta« nennen.

Sagen wir ...

Wenn Sie aber die Zeichen für »Herz« und »groß« verwenden, kommt der Name einer Rotalgen-Gallerte dabei raus.

Wobei ...

Na schön, dann werde ich die Wünsche meiner Frau stärker berücksichtigen.

Lesungen?

... mit denen Sie den Namen Ihres Kindes schreiben wollen.

... was für andere Lesungen die Kanji-Schriftzeichen haben ...

Am besten überprüfen Sie vorher ...

Danke dir, Kunokun!

Da hast du wohl recht!

Deshalb ist es wichtig, dass Sie sich vorher über solche Dinge informieren.

Hat es nicht in einer Schublade in meiner Küche gelegen?

Wir hatten ja zuvor über mein Obstmesser gesprochen.

Ich wollte mir etwas bestätigen lassen.

Ja, bitte?

... könnten Sie vielleicht Furomitsu-san hierherrufen?

Ach ja ...

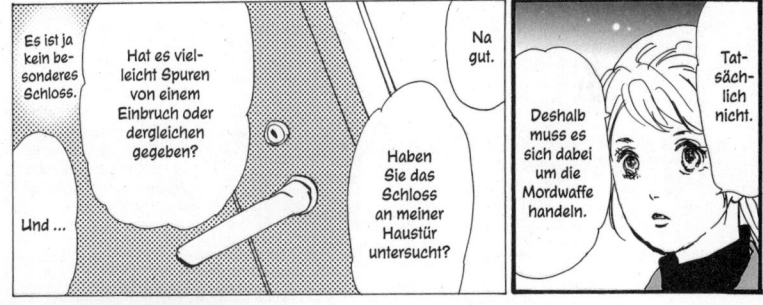

Es ist ja kein besonderes Schloss.

Hat es vielleicht Spuren von einem Einbruch oder dergleichen gegeben?

Und ...

Haben Sie das Schloss an meiner Haustür untersucht?

Na gut.

Deshalb muss es sich dabei um die Mordwaffe handeln.

Tatsächlich nicht.

Für mich ist klar ...

Und das lasse ich mir nicht bieten.

... dass jemand anderes mir dieses Verbrechen anhängen möchte.

Willst du etwa andeuten ...

... dass jemand das Messer aus deiner Wohnung gestohlen haben könnte?

Halt mal.

... wie jemand meine Wohnung betreten hat, während ich weg war.

... möglicherweise hat mein Vermieter ja gesehen ...

Könnten Sie vielleicht sein Alibi für den Tag überprüfen?

SCHAAAA

Oh nein!

Heute war ja mein Termin beim Zahnarzt.

Ach herrje ...

Nun ja, wir müssen sowieso noch weitere Beweise sammeln, also werd ich euch unterstützen. Legen wir los!

Ja-wohl!

Was soll die-ses Getu-schel?

Oto-be-san ...

Zudem besitzt er ein wasserdich-tes Alibi.

Der Vermieter hat niemandem ohne Ihr Wissen Zugang zu Ihrer Wohnung gewährt.

Auch nicht bei den Fens-tern.

Laut der Spurensicherung konnte weder ein Versuch festgestellt werden, das Haustür-schloss zu knacken, noch, es gewaltsam aufzubrechen.

Sie hatten doch bestimmt mal Besuch von Freunden oder Ihrer Freundin.

Vielleicht könnte einer von ihnen das Messer entwendet haben?

Ähm ...

Mir ist da noch eine weitere Möglichkeit eingefallen.

Ver-stehe ...

Tja ...

Also gut.

Warum gucken Sie so?

Ich habe weder Freunde noch eine Freundin.

Könnten Sie eine weitere Sache für mich überprüfen?

Furomitsu-san.

Ich führe ein sehr zufriedenes Leben, falls es Sie beruhigt.

Außerdem wurde ich noch nie von jemandem besucht.

Aber ...

... er wurde ziemlich schnell gefunden und im Fundbüro in der Nähe meiner Uni abgegeben.

Das müsste fast ein Jahr her sein.

Deshalb habe ich diesem Vorfall keine weitere Beachtung geschenkt.

Tatsächlich ...

... kam mir einmal mein Schlüssel abhanden.

Genau so ist es, Ikemoto-san.

... soll also ebenso zufällig vorgehabt haben, Sagae-kun zu erstechen ...

Die Person, die deinen Schlüssel zufällig gefunden hat ...

Aber der Finder könnte eine Kopie angefertigt haben ...

Es könnte sein, dass die Person mir den Schlüssel gestohlen hat.

Wobei ich nicht glaube, dass es Zufall war.

... um dir bequemerweise den Mord anhängen zu können?!

Halt, Stopp! Sekunde mal!

Und das vor einem Jahr?!

Erzähl mir nix!

KATSCHAK

Da bist du ja!

Alles klar.

Bitte finden Sie beim Fundbüro für mich heraus ...

... wer damals meinen Schlüssel abgegeben hat.

Dann lag ich also richtig.

Also schön.

... wer den Schlüssel von Kuno-san gefunden hat, ist mir fast das Herz stehen geblieben.

Als ich erfahren habe ...

Und, Furomitsu?

Ich verstehe.

Gut.

Sagen Sie mir noch ...

Wer war die Person, die die belastenden Beweise gegen mich entdeckt hat?

Als Sie mein Haus durchsucht haben ...

Dürfte ich Sie noch um einen weiteren Gefallen bitten?

Furo-mitsu-san.

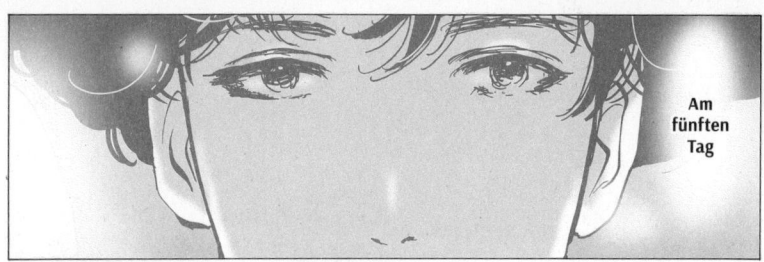

Am fünften Tag

Yabu-san.

Ich habe mich auf einmal wieder an etwas erinnert.

Mach dich auf was gefasst, Kuno.

Denn heute wirst du singen.

Tja.

Wird Zeit, dass wir dich mal in einem offiziellen Verhör in die Mangel nehmen.

Im Frühling ...

... hat Sagae seinen Führerschein bekommen.

... unseres Abschlussjahres ...

Etwa daran, wie du Sagae kaltgemacht hast?

Oder dir Geld von ihm geliehen hast?

Nichts dergleichen.

»Hast du eigentlich noch dein Auto?«

»Weil meine Probeklausuren nicht so gut liefen.«

»Mein Vater hat es mir weggenommen.«

»Leider nicht!«

Ich erinnere mich noch daran ...

... was er nach den Sommerferien zu seinen Freunden gesagt hat.

Sein Vater hat ihm zu diesem Anlass auch ein lächerlich teures Auto geschenkt.

Er hat das stolz herumerzählt.

Nicht nur das.

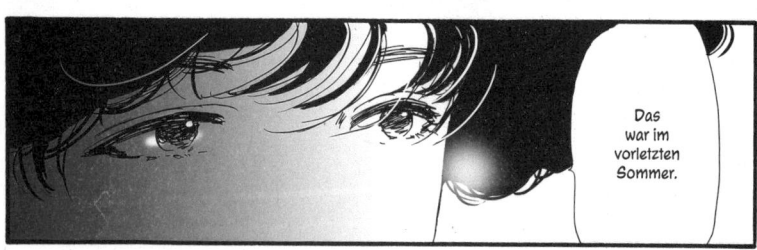

Das war im vorletzten Sommer.

Ich habe eine Vermutung.

... dass Sagae einen Unfall mit seinem Wagen hatte.

Und zwar ...

Aber das gelangte nie an die Öffentlichkeit.

Sagae ...

Ist dir klar, dass du gerade verhört wirst?!

... hat jemanden überfahren.

Worauf willst du hinaus, Kuno?

Halt.

Ich kann mir denken, dass sein Vater seine Finger im Spiel hatte ...

... und auch das Auto still und heimlich entsorgen ließ.

Auch an unserer Schule hat sich damals nichts herumgesprochen.

Ein Unfall, von dem niemand etwas wusste.

Nämlich Ihre Frau und Ihren Sohn, Yabu-san.

Danach beging er Fahrerflucht, nicht wahr?

Mir ist von Anfang an etwas Ungewöhnliches aufgefallen.

... als ich Sie danach gefragt hatte, ob Sie den Augenzeugen gut kennen würden.

Das war ...

Polizeiobermeister Kanzo Yabu

Zu dem ...

... kam mir Ihre Schilderung des Messerfunds eigenartig vor.

Und so ...

... war mir in diesem Moment klar, dass Sie die Person kennen müssen.

Ein bemerkenswerter Unterschied zu Aoto-san, der keine vergleichbare Reaktion gezeigt hat.

Sie haben kurz gestockt, Yabu-san.

Weiterhin ...

... hat mich das, was Sie vor der Hausdurchsuchung gesagt habe, stutzig gemacht.

»Pflanzt du etwa Hanf in deinem Wandschrank an?«

Diese Wortwahl brachte mich auf die Idee ...

... dass es sich bei ihr ebenfalls um jemand Ihnen Bekanntes handeln müsse.

Sie haben von der »pingeligen Dame dort« gesprochen.

»Vielleicht interessiert es dich, dass die pingelige Dame dort zugegen war ...«

Immerhin befinden sich in meiner Wohnung in der Tat ein Wandschrank und ein Laptop.

Als hätten Sie genau gewusst, dass ich sie besitzen würde.

»Oder versteckst du auf deinem Laptop irgendwelche schmutzigen Geheimnisse?«

... dass Sie ausgerechnet über diese Dinge gesprochen haben.

Ich war sehr verwundert ...

Und damit haben Sie ...

... um dort mein Obstmesser zu entwenden.

... und sich dann in meine Wohnung geschlichen ...

Sie haben vorher eine Kopie anfertigen lassen ...

Die Person, die meinen Schlüssel beim Fundbüro abgegeben hat ...

... waren Sie, Yabu-san.

Außerdem habe ich mir etwas bestätigen lassen.

Ihr Motiv ...

... Sagae letzten Endes umgebracht.

... war Rache für Ihre Familie.

Habe ich recht?

Ach
Kuno
...

Pah.

*Tss
...*

Was redest du da für wirres Z...

Sie haben tatsächlich gelacht.

... aber es scheint etwas Wahres dran zu sein.

Bislang hatte ich das immer für ein Klischee gehalten ...

... während die wahren Täter anfangen zu lachen.

Unschuldige Figuren geraten in Wut ...

Wenn man sich TV-Krimis anschaut ...

... kann man das bei Verdachtsäußerungen oft beobachten.

Hat er seine Fahrerflucht zugegeben?

Yabusan ...!

Als Sie sich begegnet sind ...

... hat Sagae gestanden?

Er hat alles geleugnet.

...

Nein.

Yabu-san.

Sagen Sie nichts.

Haaach ...

Kein Wort mehr!

Yabu-san!

»Ich muss nur einmal mit dem Finger schnipsen und du bist weg vom Fenster!«

»Pass nur auf, ich kenne eine Menge einflussreicher Leute!«

Dieser Kerl ...

... konnte nicht zu seinen Taten stehen.

»Lass dich dafür nie wieder blicken!«

»Willst du etwa Kohle? Kannst du haben!«

Und ehe ich mich's versah ...

Tja ...

Ganz im Gegenteil.

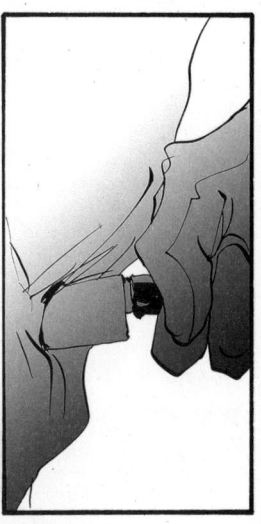

Wie unfair.

Soll ich jetzt etwa schuld sein?

... wäre mir die Idee zu der ganzen Sache erst gar nicht gekommen.

Hätte ich deinen Schlüssel nicht gefunden ...

Als ich bei eurer Uni war, um mir den Typen mal anzusehen ...

Das Messer hatten Sie aber trotzdem dabei.

... ihn bei einem Geständnis wenigstens lebend im Kittchen schmoren zu lassen.

Ich war bereit ...

... mir dein Obstmesser und eine Mülltüte genommen ...

Und so habe ich am Ende deine Wohnung betreten ...

... und meine Zeugen vorbereitet.

... die gefälschten Beweise auf deinem Laptop hinterlassen ...

Je länger ich den Schlüssel anschaute ...

... desto konkreter nahm mein Racheplan Form an.

Obwohl ich da noch keinen konkreten Einfall hatte ...

... ließ ich erst mal eine Kopie anfertigen.

... habe ihr einen kurzen Gruß ausgetauscht.

Direkt danach hast du deinen Hausschlüssel fallen gelassen.

Das hätten Sie bei niemandem tun sollen.

Hätte ich mal nicht versucht, ausgerechnet dir die Tat in die Schuhe zu schieben.

Aoto ...

Sorry dafür.

Yabu-san ...

Jetzt musst du übernehmen.

Aber ich bereue nichts.

Meine Frau und mein Sohn hätten sich sicher darüber gefreut.

Wäre ja auch zu schön gewesen.

Hatten Sie Ihren Spaß?

Hat er Ihnen den gewünschten Spaß gebracht?

Ihr Racheplan ...

An den besonderen Ereignissen im Leben Ihres Sohnes ...

... haben Sie vermutlich kein einziges Mal teilgehabt, oder etwa doch?

Zu Hause soll man Sie kaum zu Gesicht bekommen haben.

... und dafür Ihre Familie vernachlässigt.

Ich habe nun so einiges über Sie erfahren.

Sie haben Ihr Leben offenbar Ihrer Arbeit als Polizist gewidmet ...

Was sagst du da?

... die Ihren Platz eingenommen hätten.

Es hätte sicher eine Handvoll Polizisten gegeben ...

Aber das war Ihnen gleichgültig.

In Wahrheit waren Sie nicht dazu imstande ...

... und mit der Realität konfrontiert zu werden.

... ihrem Tod ins Auge zu sehen ...

Wegen Ihrer Beschattung, sagten Sie?

Sie haben die beiden nicht mal besucht ...

... nachdem sie infolge des Autounfalls im Krankenhaus lagen.

Ihr Racheplan ...

... hat Sie sicher einiges an Zeit gekostet.

Offenbar war Ihnen dies bedeutsam genug, um Ihre Stellung als Polizist zu riskieren.

Doch als es darum ging, Vergeltung zu üben, sind diese Skrupel plötzlich verschwunden.

Es blieb Ihnen also keine Zeit für Ihre Familie, als sie im Sterben lag.

Doch für Ihre Rache war dann plötzlich welche da?

Und arbeitsrelevant ...

... waren diese Aktivitäten nicht.

Aber ich bin überzeugt ...

... dass Sie dafür einiges an Zeit und Energie aufwenden mussten.

Ich weiß nicht, wie Sie es bewerkstelligt haben, Sagae aufzuspüren ...

... dass sich dadurch ein Mehrwert für Sie ergab, Yabu-san.

Man könnte also sagen ...

... dass Arbeit und Vergeltung sich im gleichen Vektor befinden.

Das muss wohl daran liegen ...

Yabu-san.

... haben Sie Ihren Sohn zu Lebzeiten bei seinem Namen genannt?

Wie oft ...

Kuno ...

... es reicht.

Aber ...

... besagter Mehrwert hat sich Ihnen wiederum nicht darin geboten ...

... Zeit mit Ihrer Familie zu verbringen, als sie noch am Leben war.

66

»Dabei betont er doch immer, wie beschäftigt er ist.«

»Mein Papa ...«

Aber ist das wirklich wahr?

... dass es Ihre Familie gefreut hätte ...

Sie meinten ...

»Seine Arbeit als Polizist ist so wichtig ...«

» ... dass er alles andere dafür opfern muss.«

» ... scheint Spaß gehabt zu haben.«

Als Kind würde ich mir Folgendes denken ...

... dass Sie Rache für sie ausgeübt haben.

»Mein Papa ...«

» ... hat immer gesagt, dass er so viel zu tun hätte.«

»Denn jetzt, wo wir gestorben sind, wirkt er nicht mehr so, als hätte er so viel zu tun.«

»Aber vielleicht ...«

» ... wollte er uns auch einfach nicht sehen?«

... vermute ich.

... und lebe nur so vor mich hin.

Ich war noch nie in einer Beziehung ...

Ich liege meinen Eltern in der Tat noch auf der Tasche ...

... und musste auch bisher nie arbeiten.

Aber ...

Die Wahrheit, die für Sie gilt, können nur Sie verstehen.

Und die Wahrheit, die für mich gilt, nur ich.

Gar nichts, wie Sie sagten.

... weiß ich, wie es war, ein Kind zu sein.

... obwohl ich selbst noch keine Kinder habe ...

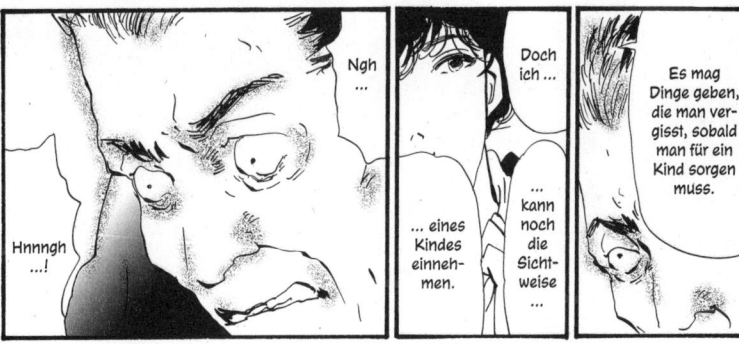

Hnnngh ...!

Ngh ...

Doch ich ...

... eines Kindes einnehmen.

... kann noch die Sichtweise ...

Es mag Dinge geben, die man vergisst, sobald man für ein Kind sorgen muss.

Yabu-san.

Das war ...

... mehr als ge-nug!

Hör auf, Kuno!

GAAAAH

... eine weitere Sache eingefallen.

Mir ist da noch ...

»... weil meine Pro-beklausuren nicht so gut liefen.«

»Leider nicht! Mein Vater hat es mir weg-genommen ...«

»Hast du eigentlich noch dein Auto?«

... habe ich ein Gespräch zwischen Sagae und einem Klas-senkameraden mitbekommen.

Kurz nach den Sommer-ferien ...

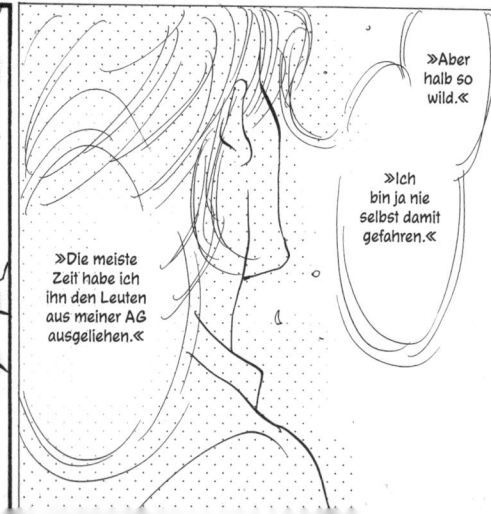

»Aber halb so wild.«

»Ich bin ja nie selbst damit gefahren.«

»Die meiste Zeit habe ich ihn den Leuten aus meiner AG ausgeliehen.«

... auf denen Initialen und Geldsummen notiert waren.

Offenbar hat er über die Jahre hinweg kleinere Geldbeträge verliehen.

Hat man auch die entsprechenden Schuldscheine gefunden?

Nein ... Nur Zettel ...

Es war doch die Rede davon, dass er anderen Geld geliehen hat.

Er war derjenige ...

... der die Fahrerflucht beging.

Aber Sagae war derjenige, der das Auto zum Unfallzeitpunkt fuhr, nicht wahr?

Nämlich, dass er kein Geld geliehen hat, sondern von anderen ausgebeutet wurde.

Ist das so?

Dann könnten die Zettel auch etwas anderes bedeuten.

Von außen wirkte er wie jemand ...

... der mit seinem Geld prahlt und ein unbeschwertes Leben führt.

Ich kann es nicht wissen.

... und welche Wahrheit für ihn galt, kann ich nicht beurteilen.

Was Sagae für ein Mensch war ...

In der Schule ...

... war zumindest nie die Rede davon.

Die Leute aus seiner AG ...

Aber wer weiß?

... und ihn dazu genötigt haben, sein Auto an sie abzutreten.

... könnten ihm Geld abgeknöpft ...

Furomitsu! Kuno-san!

Hast du was rausgefunden?!

KATSCHAK

Ja!

Womöglich war es nur sein Stolz ...

... der ihn gute Miene zum bösen Spiel machen ließ.

Sein Geständnis verlief ohne jegliche Gegenwehr.

... und habe Fahrerflucht begangen, nachdem er mehrere Menschen überfahren hatte.

Er sagte, er sei mit dem Auto von Sagae-san gefahren ...

... bekannte sich schuldig.

Aber nicht nur das.

Einer von ihnen ...

... etwas über die Leute herauszufinden, mit denen Sagae-san während der Oberstufe in einer AG war.

Kuno-san hatte mich darum gebeten ...

Und ich konnte sie finden.

Allerdings war es keine offizielle AG.

... die Familie von Yabu-san überfahren hat.

... der im Sommer vorletzten Jahres ...

Er war derjenige ...

... als er mitbekam, dass Sagae-san ermordet worden war, und wollte sich selbst ausliefern.

Offenbar bekam er kalte Füße ...

Tatsächlich ...

Er ist mir freiwillig gefolgt!

... ist er gerade hier!

Yabu-san.

Doch letzten Endes haben Sie Ihr eigentliches Ziel aus den Augen verloren.

Ich bin mir sicher, dass Sie für gewöhnlich denselben Rechercheaufwand betrieben hätten.

Danke vielmals, Furomitsu-san.

Oha!

Nicht Schlecht, Furomitsu!

Aber unser Dezemat ist gar nicht für Unfälle zuständig!

Das werden wir herausfinden.

Nun ...

Ich bitte darum.

Womöglich ist diese Person nach vorn getreten ...

... um die Schuld auf sich zu nehmen und den Ruf von Sagae-kun zu bewahren.

Wobei ...

Ganz sicher können wir uns dennoch nicht sein.

So ist das wohl ...

Das hätten Sie ihm mitteilen sollen.

... weiß die Person nicht, wie viele Gedanken man sich um sie macht.

Ohne anständige Kommunikation ...

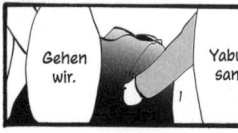

Gehen wir.

Yabu-san.

Als mein Sohn zur Welt kam ...

... wenn ich zu den Besuchstagen kommen würde.

... war ich schon ein alter Mann.

Ich habe befürchtet, dass er sich schämen würde ...

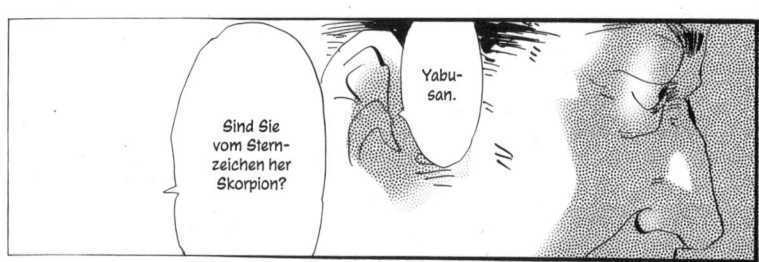

Sind Sie vom Sternzeichen her Skorpion?

Yabu-san.

Das sind typische Farben des Skorpions.

Auch Ihre Krawatte selbst ...

... und in einem Karmesinton gehalten.

... ist stets rötlichviolett ...

Ihre Krawattennadel ist mit einem Topas geschmückt.

Ihr Geburtstag ist im November, nicht wahr?

... tragen Sie Knöchelwärmer.

Sie sehen etwas älter aus.

Weiterhin ist mir Ihre Bauchbinde aufgefallen.

Und an Ihren Füßen ...

Ihre Frau hat das alles für Sie ausgesucht ...

... oder nicht?

... dass Sie bei bester Gesundheit bleiben.

Daraus schließe ich, dass es ihr äußerst wichtig war ...

Ich nehme an, dass Ihre Frau das alles für Sie zusammengestellt hatte.

... sich über solche Dinge Gedanken zu machen, anstatt Ihre Vergeltung zu planen?

Haben Sie sich die Zeit genommen ...

Haben Sie dem Altar Ihres Sohnes Speisen dargeboten, die er gerne aß?

Wissen Sie denn überhaupt, was er mochte?

Haben Sie das Grab oder den Altar Ihrer Frau ...

... mit Blumen geschmückt, die sie zu Lebzeiten mochte?

Was ist mit Ihnen?

Haben Sie ...

... diese Sorge je erwidert?

Auf Fotos oder dergleichen ...

... könnten Hinweise zu finden sein, was die beiden mochten.

Wenn Sie sich in Ihrem Haus umsehen ...

... finden Sie bestimmt etwas heraus.

Wenn nicht ...

... sollten Sie erst mal damit anfangen.

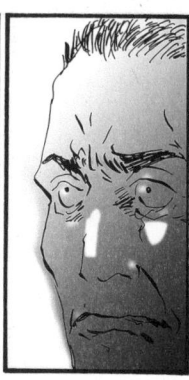

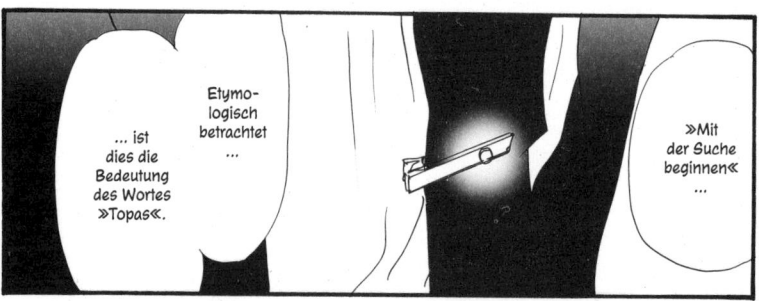

... ist dies die Bedeutung des Wortes »Topas«.

Etymologisch betrachtet ...

»Mit der Suche beginnen« ...

Da meine Eltern mich durchfüttern ...

... musste ich noch nie im Leben arbeiten.

Ich bin nur ein einfacher Student.

Wer zur Hölle ...

... bist du bit-te?!

Kuno ...

Uhh ...

Urgh!

Mein Curry durfte ich auch noch nicht anrühren.

So könnte man das wohl zusammenfassen.

... weshalb ich weder meinen Friseur- noch meinen Zahnarzttermin wahrnehmen konnte und in meinem Seminar die Chance auf die Bestnote verloren habe.

Dennoch wurde ich an diesem Ort festgehalten und von Ihnen ausgefragt ...

Ich habe noch nie etwas gestohlen, geschweige denn einem Menschen das Leben genommen.

Muss ich mir das von Leuten sagen lassen, die mir ein Verbrechen anhängen wollten?

FRUST

Das musst du nicht extra sagen.

Sag mal ...

... hat man dir schon mal gesagt, dass du ein ziemlicher Unsympath sein kannst?

Bitte sorgen Sie dafür, dass dieser Vorfall nicht unter den Teppich gekehrt wird.

Ich schätze, dass die Eltern von Sagae-kun ein Interesse daran hätten.

Aoto-san ...

Furomitsu-san ...

Ich lege mein Vertrauen in Ihre Hände.

Er ist wohl sauer ...

Vielleicht bitten Sie den Beschuldigten erst mal um Verzeihung.

Das geht mich alles nichts an.

Aber bleiben Sie weiterhin dran.

Und dadurch ...

... konnte ich denjenigen identifizieren, bei dem der Widerspruch lag.

Davon ausgehend, dass kein Beteiligter gelogen hat ...

... widersprechen sich ihre Aussagen dennoch.

Auf deinen Impuls hin ...

... bin ich noch mal über den Fall von damals gegangen.

Aber vergiss nicht ...

... dass auch du mal in dieses Alter kommen wirst, Kuno.

In seinen Äußerungen ist ganz klar die Abscheu durchgesickert ...

Dieser Junge ...

Kuno ...

... die er gegenüber seinem Vater verspürt.

irevier Odoﬂ

Auf uns wartet einiges an Arbeit, Ikemoto.

Puh

Ob mein Curry noch in Ordnung ist?

Ich sollte mich wohl beim Friseur und bei der Zahnarztpraxis melden.

Oje, meine Seminare ...

Was für ein Ärger.

Hach

»Im Herbst der Sonnenuntergang.«*

Wobei sie ja erst aufgegangen ist.

TSCHIRP

*Auszug aus dem *Kopfkissenbuch* von Sei Shōnagon (ca. 1000 n. Chr.)

Jap.

Ein perfekter Tag für Curry.

Episode 2:
Der gesprä-
chige Gauner
(Teil 1)

... sodass sie in der SoBe zerfallen.

Die Kartoffeln müssen klein gewürfelt werden ...

Erst braten wir die Zwiebeln an.

♪

Alles kann in einen Topf.

ZSSSSCH

Die werde ich erst mal mit Currypulver würzen ...

... und dann ordentlich anbraten!

Hi hi hi!

Heute habe ich endlich mal wieder Rinderbauchstücke zur Hand.

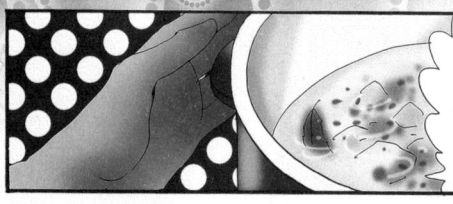

Super, alles kommt zusammen!

ドドド

KLOPF

KLOPF

Kuno-san!

Ich bin's, Ikemoto vom Revier!

Du bist doch da, oder?

ピンポーン

DING

DONG

Sie können hier doch nicht andauernd »Polizeirevier« herumbrüllen!

Ist Ihnen eigentlich bewusst, wie laut Sie sind?!

KATSCHAK

Beim Polizeirevier ...

Sie jagen den Nachbarn noch unnötig Angst ein!

Du weißt doch noch, wer ich bin, oder? Ikemoto vom Polizeirevier Odonari.

KLOPF

Totono Kuno-kun!

Danke noch mal für damals!

KLOPF

KLOPF

Ach ja, sind zwischendurch mal Kumpels vorbeigeschneit? Oder eine Freundin?

Ich bin dann mal so frei, ja?

Duftet nach Curry hier!

Können Sie auch leiser sprechen?

Nein, solche Kontakte pflege ich nach wie vor nicht.

Dann mal rein in die gute Stube!

Mensch, ist das ewig her, Kuno-kun!

Da hatten wir dich doch glatt des Mordes verdächtigt!

Du hattest es nicht gerade einfach, was?

Fassen Sie sich also kurz.

Ich habe heute noch etwas vor.

Dieser Heiztisch ist ja putzig!

Dann bin ich wohl dein erster Gast. Sorry!

Weißt du, ich wollt mal deine Meinung zu 'ner Sache hören ...

Einen Ratschlag oder so.

Das macht nix. Ich wette, du hast trotzdem etwas Schlaues zu sagen.

Also, hau schon raus!

Ich bin bloß ein Student ...

... der weder Frau noch Kinder hat. Eine Freundin hatte ich auch nie.

Warum fragen Sie mich das?

Was denkst du, Kuno-kun?

Wie schaffe ich es, die Wogen zwischen uns wieder zu glätten?

Manchmal sehe ich mir die Live-Übertragung der japanischen Baseballliga an.

...

Nun ...

... dass Spieler oder Trainer nicht an Spieltagen erscheinen können.

...

Jedenfalls kommt es ab und an mal vor ...

Aha, aha!

Und weiter?

Oho!

Es geht los, super!

Okay ...?

Aber auch bei Einschulungen oder Abschlussfeiern ...

Etwa wenn ihr Kind geboren wird ...

Zu wichtigen familiären Anlässen nehmen sie sich frei.

... ist es klar, dass sie an diesen wichtigen Momenten im Leben ihrer Kinder teilhaben wollen.

Bei solch einmaligen Ereignissen ...

... fallen gelegentlich Äußerungen wie ...

... und sich dann anhört, was die japanischen Kommentatoren zu sagen haben ...

Aber ... Wenn man sich an solchen Spieltagen die Übertragungen ansieht ...

Sie wollen auf jeden Fall anwesend sein.

Sie zu verpassen, kommt erst gar nicht infrage.

»Die Ehefrauen können einen ganz schön auf Trab halten, was?«

»Oje ...«

Sie sind nur gegangen, weil sie keine andere Wahl hatten.

... hört man dann.

Und dafür mussten sie ihre heiß geliebte Arbeit vernachlässigen ...

Und demnach ...

... haben sie selbst an solchen Ereignissen nur widerwillig teilgenommen.

Das heißt ...

... dass es für diese Leute völlig unbegreiflich ist, dass die Spieler aus freien Stücken abwesend sind.

Genau dort ...

... kann man eine riesige Diskrepanz zwischen beiden Ansichten feststellen,

... scheint dies nur eine auferlegte Pflicht zu sein.

Doch für die japanischen Kommentatoren ...

Die Spieler, die ihren Kindern dadurch beim Heranwachsen zusehen können ...

... sehen dies als Privileg an, das ihnen als Vater zuteilwird.

Als ...

... Privileg?

Oder Pflicht ...?

Wie sehen Sie das, Ikemoto-san?

91

Das ist doch selbstverständlich.

Sie vermuten also, dass Frauen sich nach der Geburt ihres Kindes ändern?

Sie reden davon ...

... »Gelegenheiten zu nutzen« oder ...

Ike-moto-san ...

Es hat den Anschein ...

Sie tragen nun die Verantwortung über ein Lebewesen, das womöglich sterben könnte, wenn sie es aus den Augen ließen.

... dass Sie so empfinden, nicht?

Das verrät mir ...

... »Ihr unter die Arme zu greifen« ...

... als würden Sie Ihr Kind eher als Bestandteil im Leben Ihrer Frau einordnen.

Ich würde eher sagen ...

... das Problem besteht darin, dass Sie noch nicht gewillt waren, sich mit zu ändern.

Seien Sie sich nur bewusst ...

Natürlich kann Sie nichts in der Welt zu dieser Änderung zwingen.

Na ja ...

... dass jede Handlung oder Nichthandlung Folgen nach sich zieht.

Insofern bleibt es Ihnen überlassen, wie Sie damit umgehen möchten.

In Wahrheit ...

... dass ihre Gefühlswelt allmählich abstumpft.

... wird man nur feststellen ...

Aber dabei handelt es sich um reine Fiktion.

Ike-moto-san ...

Wissen Sie ...

In Fernsehserien beobachtet man, wie Kinder auf die schiefe Bahn geraten, um die fehlende Aufmerksamkeit ihrer Väter auf sich zu ziehen ...

... habe ich recht?

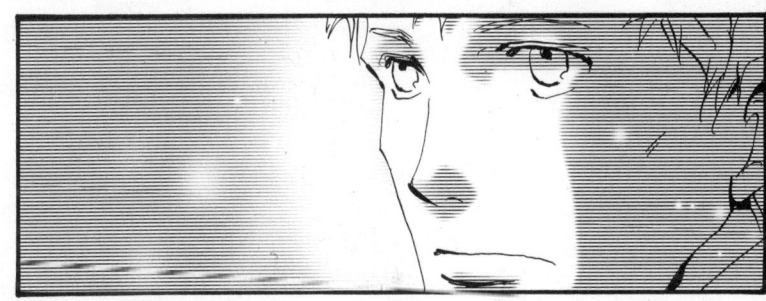

Allerdings weiß die Öffentlichkeit noch nix davon.

In letzter Zeit haben wir es mit 'ner wirklich grausigen Mordserie zu tun ...

Weißt du ...

Moment mal, mein Hauptanliegen kam noch gar nicht zur Sprache.

Was kommt denn jetzt noch?!

Ihr Hauptanliegen?!

Dann seh ich das Ganze ab sofort als Privileg!

Bitte gehen Sie jetzt.

Okay, ich hab's kapiert!

Das freut mich zu hören ...

... und
später noch
im Souvenir-
shop und im
Café vorbei-
zuschauen.

So sollte
mir genug
Zeit bleiben,
um mir alles
in Ruhe an-
zusehen ...

Wenn
ich jetzt los-
gehe, müss-
te ich gegen
zwei Uhr an-
kommen.

Am letzten
Ausstellungstag
schließen sie
schon um
fünf Uhr.

Impressionismus-
Ausstellung

Heute ist
die letzte
Chance.

Manet,
Monet ...

Renoir ...

Cezanne und
Millet ...

Degas,
Degas ...

Kunstmuseum
Odonari

Vorverkaufsticket

Das ist
mein
Bus!

Süd-Odonari   Bus

**Er fährt
gleich los!**

Huch?!

FSSSCH

Warten
Sie
bitte!

Oh.

I...

Ich bin
untröst-
lich ...

Puh ...

Verzei-
hung.

B...

Bitte
lassen
Sie
das!

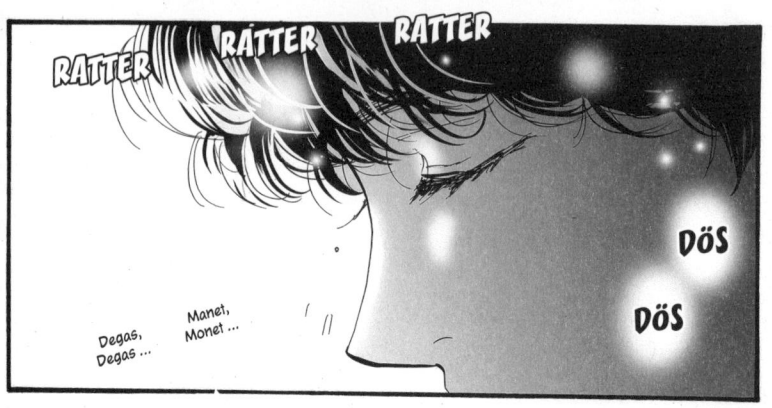

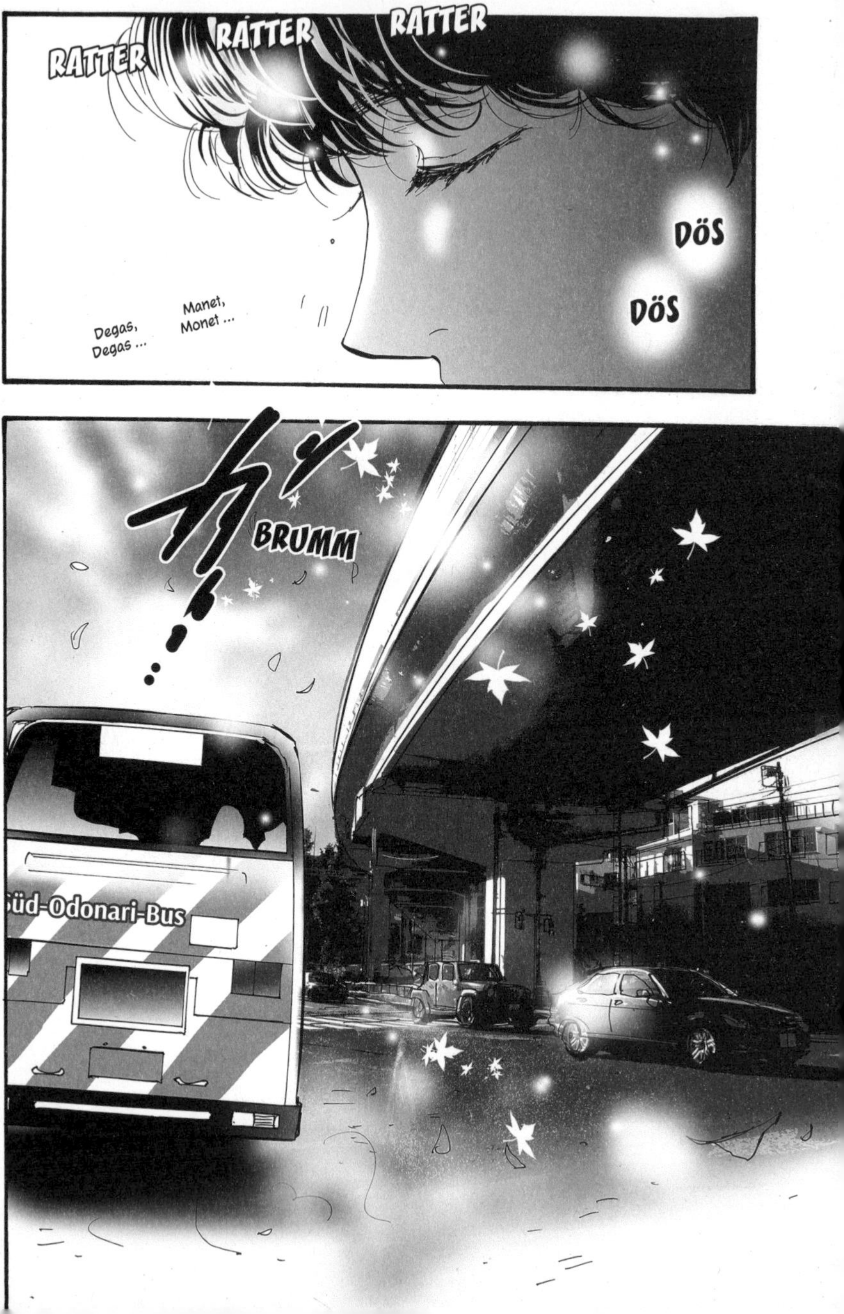

RATTER RATTER RATTER

DÖS

DÖS

Degas, Manet,
Degas ... Monet ...

BRUMM

Süd-Odonari-Bus

RATTER RATTER

Das ist nicht die vorgesehene Route.

Das ist aber seltsam.

DÖS DÖS

Jetzt, wo Sie's sagen ...

Na so was?

Wo fahren wir hin?!

Verzeihen Sie, da vorne!

Oder?!

Hier ist irgendwas faul.

Sag ich doch!

Während der Fahrt wird nich' aufgestanden.

Sach mal, haste das nie gelernt?

Das Kunstmuseum ...!

Hm ...?

Was?

Fährt diese Linie nicht zum Kunstmuseum ...?

Bin ich im falschen Bus?

Ähm ...

Entschuldigen Sie ...

Unten
bleiben.

Kapiert?

Also gut,
hoch
mit den
Griffeln!

Und lasst
die Finger
dort, wo ich
sie sehen
kann!

Ihr gebt
mir jetzt
eure
Handys!

J...

Ja-
wohl!
...

Mach
keine
Faxen,
klar?!

Du da
vorne!

Du
weißt, wo's
hingehen
soll!

Pflanzt euch irgendwo hinter der Tür in der Mitte hin!

Und keine Pärchen bilden!

Nach hinten mit euch!

Heda!

Finger weg vom Handy!

Sorry wegen neulich, ich war etwas angeschlagen. Ich mach's wieder gut Bus wird entführt ruf die Polizei

Ich sagte: »Griffel hoch!«

Ich will alles haben, was Anrufe kann und so!

Zeigt mir, was ihr alles dabeihabt!

Hier sind doch locker Krösusse mit zwei Handys dabei.

Du da!

Ich will eure Handys, Computer, Tablets, Kameras und all diesen Kram.

Sammle das Zeug der anderen ein!

Du weißt, was ich meine.

Sorry dafür.

Darf ich?

Bitte.

SSSCH

...

Eigentlich sollten da gar keine sein!

Das ist ja seltsam.

Vorhänge ...?

Gut!

Und zwar alle!

Zieht die Vorhänge zu!

... tat-sächlich eine ...

... Busent-führung.

Das hier ...

... ist also ...

Ab sofort hab ich den Bus hier ...

... unter meiner Gewalt!

Bist ja 'n Blitz-merker!

Verste-hen wir uns?

Wäre es möglich, uns alle vor drei Uhr wieder gehen zu lassen?

Also ...

Ähm ...

Halb vier würde auch noch gehen ...

Impressionismus-Ausstellung

Kunstmuseum Odonari

Vorverkaufsticket

Heute ist doch der letzte Tag ...

A...

Aber ...

Das kommt mir jetzt wirklich ungelegen.

Das kannste dir in die Haare schmieren!

Wir haben grad mal zwei Uhr!

KLONK

Bei der nächsten Unterführung hältst du an, klar?!

Hey, du am Lenkrad!

KLONK

Hey ...

Hör mal.

Was für Haare.

Meinst du nicht, dass der Zeitpunkt etwas ungünstig ist, um noch an deinen Plänen für heute festzuhalten?

Steig aus und hilf mir mal kurz.

O...

Okay ...?

So, Freundchen.

Mach die Vordertür auf.

Rührt euch nicht vom Platz da hinten!

KIIII

Süd-O...ari

Bus

Wenn's sein muss ...

... könnt ihr gern ein Schwätzchen halten.

Wenn wir schnell genug sind ...

... könnten wir vielleicht über den Notausgang entkommen.

Was denkt ihr ...?

Ngh ...

An deiner Stelle würde ich das Lügen sein lassen.

Was macht er da?

W...

FLAP

Wir müssten alle nur in unterschiedliche Richtungen laufen.

Überlegt mal ...

So kriegt er uns bestimmt nicht.

Zu riskant.

Irgendwen erwischt es.

FLAP
FLAP

So, Freundchen!

J...

Jawohl.

Derselbe Spaß noch mal auf der anderen Seite.

Du da!

Wie kann ein Hüne wie du nur so memmenhaft sein?!

Lässt du dir von einem winzigen Messer so viel Angst einjagen?!

Kampferfahren sieht der auch nicht aus!

Diesen Halbstarken könntest du doch mit links überwältigen!

FLAP   FLAP

Nur was ...?

Er hat etwas mit dem Bus vor.

Was, wenn er Sprengsätze vorbereitet hat?

Er hat recht.

Es ist nicht gesagt, dass er nur dieses Messer hat.

Du spuckst ja große Töne, Alterchen.

Dabei hast du dich hinter mir weggeduckt, als der Kerl uns vorhin bedroht hat.

In eurem Alter hätte ich kurzen Prozess mit ihm gemacht!

Er könnte welche unter seiner Jacke versteckt haben.

Eine Bombe?!

D... Du freche ...!

Bevor ich die Nachricht abgeschickt habe, habe ich schnell noch von der Busentführung erzählt ...

... und darum gebeten, die Polizei zu rufen.

Davon mal abgesehen ...

Vorhin war ich zufällig dabei, jemandem eine SMS zu schreiben.

Nein ...!

Womöglich sind bereits am Bus welche angebracht worden.

Meiner Erfahrung nach ist es besser, in solchen Situationen nichts zu überstürzen.

Wisst ihr ...

Ich mag nicht danach aussehen, aber ich bin Journalistin.

Ich denke also, dass die Polizei Bescheid wissen müsste.

Ich bin nicht gerade bekannt dafür, über solche Dinge Witze zu machen.

Und das weiß der Empfänger.

Ja, das könnte man so sagen.

Lass uns das vor diesem Kerl geheim halten, ja?

Aber es wäre besser, wenn wir das nicht an die große Glocke hängen.

Du schreibst also für Zeitungen und Magazine?

Soso
...

Ach
...?

Übrigens ...

Der Busfahrer wurde ja nicht ununterbrochen von diesem Kerl beobachtet.

Also gehe ich davon aus, dass er irgendwann diesen Knopf betätigt haben wird.

Man sieht es dann vorne am Bus.

Am Fahrersitz befindet sich normalerweise immer ein Notrufknopf, der für Außenstehende ein SOS-Signal anzeigen lässt.

Als der Bus dann plötzlich eine andere Route gefahren ist ...

Fast wöchentlich.

Ich kenne auch fast alle Gesichter.

... war es klar, dass uns das sofort auffallen würde.

Aber wir haben noch nie miteinander geredet.

»Immer fährt« ...?

Heißt das, dass ihr alle regelmäßig diesen Bus nehmt?

Es ist ja der gleiche Fahrer, der uns immer fährt, oder?

Ganz bestimmt.

Er wirkt auch immer sehr zuverlässig.

Genau.

Ich hab dir gesagt, wo es hingehen soll, oder? Gib Gummi!

FSSSCH

Habt ihr mich vermisst?

Jawohl J...

Keine Sorge, es kann weitergehen!

Hauptsache, uns allen passiert nichts.

Wir haben nicht vor, uns gegen dich zu stellen oder so ...

Ähm ...

Also ...

... können wir ja alle mal 'n kleines Schwätzchen halten.

Bevor ihr mir hier eingeht ...

Gut.

He, wie heißt ihr alle?

Das stimmt doch gar nicht ...

Gerade hast du noch davon geredet, dass wir abhauen sollen!

Und außerdem ...

Und sagt mir noch, wo ihr hinwolltet.

Ich will den ganzen Namen und Beruf.

... hab ich nix dagegen, wenn wir hier 'n bisschen plaudern.

Also ...

Solange ihr nicht auf die Idee kommt, krumme Dinger abzuziehen ...

KLONK KLONK

KLONK

»Warum«?!

Wenn hier jemand »Warum« fragen darf, dann bin das ich, kapiert?!

E...

Es tut...

... mir leid!

Äh...

W...

Warum willst du das wissen?

... was für Macken ihr an euch seht.

... will ich, dass ihr mir eure Schwächen aufzählt.

Oder anders gesagt ...

... und wollte bei der Endhaltestelle an der Ohara-Kreuzung aussteigen.

Eigentlich war ich auf dem Weg zu meiner Schicht ...

Ich jobbe in einem Konbini* ...

Mein Name lautet ...

... Ippei Awaji.

*24-Stunden-Supermarkt

Sach bloß ...

Gut, Nächster.

Du da, mach weiter.

Wie kommt's?

... werde ständig gefeuert.

Also, ich, äh ...

... wäre wohl ...

... dass ich keinen Job behalten kann.

Und eine ...

... Schwäche von mir ...

Tja ...

Ich war
heute nur
zufällig
hier.

Ich war
wohl ein
ziemlicher
Feigling.

Meine
Macke
...

Hatte
nicht
wirklich
ein Ziel.

Masao
Saka-
moto.

Bin grad
auf Job-
suche.

KLONK

KLONK

KLONK

Gut.

Du
machst
weiter!

Kannst
gern
einer
bleiben!

Pff!

Echt
jetzt?

Biste
krank
oder
so?

Nein
...!

... meine
Schwä-
che an-
geht ...

W...
Was
...

Mir
geht es
gut ...

Vorhin
wollte ich
zur End-
haltestelle
fahren ...

... da
ich regel-
mäßig in
die Klinik an
der Ohara-
Kreuzung
gehe.

Megumi
Kashiwa
...

... hei-
ße ich.

Ich bin
Hausfrau.

Du siehst ganz schön taff aus.

Was ist mit dir, Püppchen? Ist ja 'n Ding.

Ich bin nicht ...

... sehr stark.

Ich bin ganz und gar nicht taff.

Auch ich wollte zur Endhaltestelle an der Ohara-Kreuzung ...

... weil ich da einmal pro Woche in einer Kneipe jobbe.

Mein Name ist Rira Tsuyuki.

Ich arbeite im Büro einer kleinen Fabrik.

Schön für dich.

Ich komme eigentlich gut damit zurecht.

Klingt übel.

Meine Macke ...

... wäre wohl, dass ich etwas willkürlich sein kann.

Ich bin nicht dein Onkel, junger Mann!

Was is' mit dir, Onkel?

Darüber habe ich schon öfter mal sinniert ...

Wissen Sie ...

Geht's noch?!

Mach mich nicht an, Alter!

Hä?

Aber wir würden Fremde, die jünger sind als wir, niemals als »Neffe«, »Nichte« oder »Enkel« bezeichnen.

Bei »Oma« und »Opa« ist das ja genauso.

Hier in Japan ...

Weshalb verwenden wir in solchen Fällen andere Wörter?

Warum ist das eigentlich so?

... obwohl wir lediglich Fremde mittleren Alters meinen.

Wobei wir sie anders schreiben ...

... verwenden wir Wörter wie »Onkel« und »Tante« ...

115

Fang an zu reden, Alter!

Jetzt bin ich ein »Alter«?!

Kein Plan?! Ist mir auch schnuppe!

Ich fahre jede Woche mit diesem Bus, um ehrenamtliche Arbeit zu verrichten.

Jedenfalls habe ich mich bereits in den Ruhestand zurückgezogen.

Deshalb habe ich nichts zu tun.

Ich habe hart geschuftet und mich in den Vorstand einer riesigen Versicherungsfirma hochgearbeitet!

Zeig gefälligst Respekt vor dem Alter!

Weißt du eigentlich, wer ich bin?!

Mein Name lautet Yukihito Narazaki!

Ich ...

... bin nicht sehr sozial.

Das war's.

Daisuke Kobayashi.

Arbeitslos.

Ich wollte meinem Großvater einen Krankenbesuch abstatten.

Ah ja, verstehe.

Weiter.

Ich war wohl zu starrsinnig.

Einer meiner Mängel wird wohl gewesen sein ...

... dass mich meine Mitarbeiter als »Sklaventreiber« kannten.

Ich bin Sho Kumada.

Master-student.

Ich wollte eigentlich nur jemanden besuchen.

Heda, Schönling! Was ist mit dir?

Ging ja fix!

Soll mir recht sein.

Ich?

Nee, nicht du. Hinter dir!

Pah!

Schön, dann bist du endlich dran!

Dein Blick sieht aber nich' so aus, als würdeste du als Macke sehen!

Du bist gemein, Brokkoli-schädel!

Meine Macke ...

... dass ich sehr nachtra-gend bin.

... wäre wohl ...

Was sachste?

Du heißt Totono?

Man schreibt den Namen tatsächlich mit dem Schriftzeichen für »geordnet sein«.

Totono?

Alle reagieren so.

Ich heiße Totono Kuno.

Ich befand mich auf dem Weg zum Kunstmuseum Odonari.

Ich bin Bachelorstudent.

Falls »Schwäche« in Ordnung geht ...

... dass ich eine Schwäche für Curry habe.

... würde ich sagen ...

Zwischen einer »Macke« und einer »Schwäche« ...

... besteht ein himmelweiter Bedeutungsunterschied.

Sind deine Eltern noch ganz sauber?

Haben die 'nen Putzfimmel oder so?

Tja ...

Jedenfalls ...

Fragt er das echt?!

Verraten Sie uns Ihren Namen ...

Moment-chen mal ...!

Was ist mit Ihnen?

... und Ihre Macke?

... Ihr Ziel ...

... isses natürlich, diesen Bus hier zu ent-führen!

Mein Ziel ...

Merk dir das, klar?!

Mein Name ist ...

... Otoya Inudo!

... ist mein verdammter Jähzorn!

Meine Macke ...

Bei uns kam gerade eine seltsame Meldung rein.

So viel zu tun!

Oh Mann

...!

Was ist, Ikemoto?

Aoto-san?

Hast du Hinweise für mich?

Aoto-san.

Polizeirevier Odonari

evier Odonari

Jugend-delinquenz verhindern!

Jemand soll von einer Freundin per SMS benachrichtigt worden sein, dass ihr Bus entführt wurde.

Hat das irgendetwas hiermit zu tun?

Aha?

Jedenfalls hab ich mir das mal angeguckt.

Boah, heiß!

Wäre auf jeden Fall möglich.

Vielleicht ein Streich?

Nicht gerade harmlos.

So was passiert ja häufig in letzter Zeit.

Eine Bus-entführung?!

Vermisste Busse wurden auch nicht gemeldet.

Es scheint nichts Außergewöhnliches im Gange zu sein.

Kontakt zu allen Fahrern besteht ebenfalls.

Aber ...

... verkehren alle Buslinien derzeit ohne Probleme.

... laut aktuellem Stand ...

120

Ich hör mich mal weiter um.

Dabei hab ich genug mit der Mordserie zu tun.

Aber bislang ...

Wahrscheinlich war es doch nur ein Streich.

... wurde uns von keinerlei Problemen berichtet.

Über die habe ich mich auch schon informiert.

Was ist mit den Reisebussen?

Die für Langstrecken.

Aber warum würden die Busse dann ihre gewohnte Route fahren?

Vielleicht wird der Fahrer bedroht?

Der Notfallknopf wurde auch nicht betätigt.

Ein Bus ...?

Halt.

Ein Bus also ...

RATTER RATTER

TOCK
TOCK

HUST

BRUMM

Vielleicht muss sie mal auf die Toilette?

Ach ja …

Nein …

Vielen Dank.

Mir fehlt nichts.

RATTER RATTER

Möchten Sie Wasser …

Ich habe hier eine ungeöffnete Flasche.

… Kashirasan?

Ich überleg mir was.

Pflanz dich hin!

'n bisschen Geduld.

Können wir vielleicht eine Toilettenpause einlegen?

Etwas zu trinken bräuchten wir auch.

Äh …

'tschuldigung!

Ähm…

Ich frage mal.

Passt schon, ich frage lieber.

Puh!

Er überlegt sich was, meinte er.

An mir ist nichts witzig.

Ku-mada-san.

Ich mag es, wie glatt sie sind.

Sind das Ihre natürlichen Haare?

Totono-kun.

To

to

no

kun.

Rollt tatsäch-lich leicht von der Zunge.

Irgendwie finde ich dich ziem-lich witzig.

Sitz still und schweig, Weib!

Geht's eigentlich noch lauter?

Boah, ein echter Dino.

Eigentlich müsste es doch sofort auffallen ...

... wenn ein Bus verschwin-det?!

Lustig, über was für Dinge du gera-de nachdenkst.

Duz mich ruhig.

Ich träu-me davon, solche Haare zu haben.

Was geht hier eigentlich vor?!

Warum ist die Polizei noch nicht hier, um uns zu retten?!

RATTER RATTER

Von mir aus könnt ihr euch auch anbrüllen.

Ihr könnt reden so viel ihr wollt.

Was will er überhaupt mit dieser Busentführung bezwecken?

Ich hab nicht das Gefühl, dass er uns das sagen wird ...

So langsam befürchte ich ...

... dass meine SMS am anderen Ende nicht ernst genommen wurde.

Es ist merkwürdig, dass er uns einfach nur so durch die Gegend kutschiert ...

Stimmt, in der Regel verhandeln solche Verbrecher mit jemandem.

RATTER RATTER

Normalerweise würde man doch Lösegeld oder so etwas einfordern, oder?

RATTER RATTER

Wäre es nicht besser, wenn wir uns alle gemeinsam auf ihn stürzen würden?

Was soll schon passieren?

H...

Hört mal ...

Womöglich plant er, sich umzubringen ...

... und will den Bus mit uns allen von einer Klippe stürzen lassen.

Sag doch so was nicht ...!

leks!

Es könnte noch andere Gründe geben.

Vielleicht ist er schlicht und einfach Terrorist.

124

Es würde zu einer Rangelei kommen.

Und im Eifer des Gefechts ...

... und ihn versehentlich erstechen, fürchte ich.

... könnte jemand das Messer nehmen ...

Das habe ich nur so gesagt ...!

Aha, so viel zu »nicht vorhaben, sich gegen ihn zu stellen«, hm?

Vergiss es.

Der Bus ist zu eng, um uns auf ihn zu stürzen.

Wir sollten möglichst versuchen ...

... dass es nicht dazu kommt!

So was will ich nicht!

Auf keinen Fall!

Aber ich will auch nicht getötet werden.

Außerdem habe ich viele Freunde, die im Rechtswesen arbeiten.

Da mache ich mir keine Sorgen.

Na, dann wäre es eben so, oder?

So funktioniert Notwehr nun mal.

Lass die Vorhänge zu.

Was glaubst 'n du?

Hier is' Rauchverbot.

Gehen die Fenster hier nicht auf?!

Ich brauch 'ne Raucherpause!

Ach, wenn ich bloß ein paar Jahrzehnte jünger wäre!

Jetzt lasst euch schon was einfallen!

125

Ihr seid echt 'n witziger Haufen. Redet weiter.

Ich denke nicht, dass er Geld will.

In diesem Fall könnten wir ...

Er ist ...

... sicherlich auf Geld aus, oder?

Könntest du mir sagen, wie du zu dieser Vermutung kommst?

Sho-kun ...

Was ist, wenn sie Lösegeld ...

... vom Busunternehmen oder gar der Regierung fordern?

Jedoch ...

... könnte er draußen Komplizen haben.

... während die anderen verhandeln?

Vielleicht ist es seine Aufgabe, uns als Geiseln zu nehmen ...

Na ja.

Wer würde sich schon die Mühe machen ...

Es wäre doch viel leichter, einen Geldtransporter zu überfallen.

... einen ganzen Bus zu entführen, nur um an Geld heranzukommen?

... könnten für die Betreffenden womöglich Millionen herausspringen.

... oder zumindest sehr einflussreich ist ...

Falls jemand von uns über ein exorbitantes Vermögen verfügt ...

Das wär echt mies, wenn er nur Geld wollen würde.

Bestimmt werd ich wieder gefeuert.

... kann ich meine Schicht nicht antreten.

Seinetwegen ...

Ehrlich gesagt, nein, nicht wirklich.

Ich wollte es nur mal erwähnen.

Dachte ich mir.

Gehst du ernsthaft davon aus?

RATTER RATTER

Hängst du etwa so sehr an deinem Job?

Es ist nicht so, als würde ich ihn lieben!

Euch betrifft das ja nicht ...

Und im Ruhestand hat man's doppelt so leicht!

Ihr seid entweder angestellt, hütet das Haus oder arbeitet erst gar nicht.

Meintest du doch.

Du wärst doch so oder so wieder geflogen, oder?

Ach, sei still!

Bislang kamen wir ihm ja nur entgegen ...

... würde er die Summe mit uns teilen?

Falls der Kerl sein Geld bekommt ...

Aber nein ...

Verzeihen Sie.

RATTER RATTER

Nein, habe ich nicht.

Ist das ein Problem?

Kashira-san ...

Sie haben wahrscheinlich Kinder, die zu Hause auf Sie warten?

128

Bitte
...

Jemand soll zu Hause Bescheid geben.

Jemand soll sie benachrichtigen ...

Die Polizei oder wer auch immer ...

Ihr geht alle nacheinander.

Sorry, dass ich in euer tolles Gespräch reinplatze ...

Aber es ist Zeit für die Klopause.

Dort gibt's übrigens Automaten.

Besorgt euch von mir aus, was ihr wollt.

RRRT

RRRT

So genau zähl ich nich' mit!

Komm einfach so zwischen drei und fünf Minuten zurück!

Junge, da is doch 'ne Uhr, oder nicht?!

Da Sie mein Handy haben, weiß ich leider nicht, wie spät es ist.

Seht zu, dass ihr nur drei Minuten braucht.

Nacheinander ...?

Es ist ja schon ...

... nach vier.

Oh ...

... mach ich alle anderen hier kalt!

Wenn auch nur einer nich' zurückkommt ...

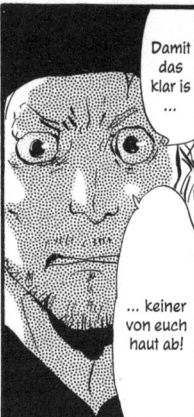

Damit das klar is ...

... keiner von euch haut ab!

Ihr tragt die Verantwortung.

Wegen eurer Selbstsucht müssen dann alle anderen ins Gras beißen.

Wenn ihr weglaufen wollt, nur zu! Dann müsst ihr mit der Schuld leben!

Wer so was tun würde, muss schon 'ne ziemlich üble Type sein.

Is jemand von euch so kaltblütig?

Wer das nich' übers Herz bringen kann, lässt es lieber bleiben, kapiert?!

Noch mal zum Mitschreiben: Wer die Biege macht, bringt alle anderen damit um!

Der Wuschelkopf schon wieder?!

Hat Ihnen schon mal jemand gesagt, dass Sie einem Namahage-Dämon ähneln?

Da bin ich aber anderer Meinung.

Was is'n jetzt, ey?!

Nee, noch keiner!

Sondern Ihre.

Selbst wenn jemand fliehen sollte ...

... wäre das noch lange nicht die Schuld dieser Person.

... und alle anderen dadurch umgebracht werden würden ...

... dass wir uns alle in dieser misslichen Lage befinden.

Wir haben es doch nur Ihnen zu verdanken ...

Sie tragen also die alleinige Verantwortung für alles.

Wälzen Sie diese Schuld bitte nicht auf uns ab.

Und der Souvenirshop wäre sicherlich schon zu.

Selbst wenn ich noch ins Museum käme, hätte ich gerade mal fünf bis zehn Minuten.

Dabei war heute die letzte Chance.

Erst einmal würde ich es sowieso nicht mehr zu meinem Termin schaffen.

Aha!

Schon kapiert!

Was schwafelst du da eigentlich?!

Mein Vorhaben, mir einen Magneten von Degas' Tänzerinnen-Skulptur zu besorgen, um ihn mir an den Kühlschrank zu stecken, fällt somit ins Wasser.

MURR MURR

Das ist nicht wahr. Warum glauben Sie das?

Du hast vor, 'nen Abgang zu machen, was?!

Ganz schön windig ...

Wo sind wir hier?

Ich hab die Faxen dicke! Du gehst zuerst!

Und komm ja zurück!

Yamada-Reise Bus

Huch? Wir sitzen ja gar nicht mehr in einem Linienbus ...

... geht er ganz schön gründlich vor.

Er staunlich geduldig.

SCHAAH
RRRT

Dafür, dass er so ein Hitzkopf zu sein scheint ...

Das müsste auch der Grund sein, weshalb wir nicht verfolgt wurden.

Geht auch für kleine Geschäfte → immer in Toilettenkabinen

Bei einem Reisebus außerhalb der Stadt schöpft man keinen Verdacht.

Wie schön, dass es hier so sauber ist.

STARR

Verstehe.

Er wollte den Bus mit einer Tarnvorrichtung ausstatten.

Deshalb ist der Entführer vorhin mit dem Fahrer aus dem Bus gestiegen.

Die Vorhänge kamen mir von Anfang an seltsam vor.

Ganz schön ungewöhnliche Umstände für eine Busentführung ...

Wobei es wohl kaum so etwas wie »gewöhnliche Busentführungen« gibt ...

Hm ...

RASCHEL
RASCHEL

Ich kann hier keine Handtrockner sehen.

Wo ist denn mein Handtuch?

Na ja, ich denke, ich sollte erst mal zwei Flaschen Wasser mitnehmen.

SHAA

Tja, in diesem Fall ...

Ob es hier ein Telefon gibt?

Wohl nicht ...

Das war ein Uni-Geschenk.

FWUP

Ikemoto-san ...

»Meld dich!«

Odonari
Yuto Ik
ogo_

Passt die Wortwahl?

Sollte ich lieber »gefangen gehalten« schreiben?

Derzeit sitze ich in einem Bus fest, der von einem Verbrecher entführt wurde.

Ich heiße Kuno Totono.

An den Finder.

Bitte rufen Sie Ikemoto-san unter dieser Nummer an.

Also gut ...

Wohin mit dem Zettel?

Huch, ganz schön lang geworden.

Bei meinen Hausarbeiten schweife ich auch immer zu sehr ab.

Der Entführer wird womöglich auch auf die Toilette gehen.

Aber der Zettel muss auffindbar sein.

Natürlich können Sie auch ganz normal die 110 benachrichtigen.

Vielleicht zeigen Sie der Polizei am besten gleich diesen Zettel.

Ich danke Ihnen vielmals.

Auf dem Bus ist ein großes Logo mit der Aufschrift »Yamada-Reisebus« zu lesen.

Sie dient nur zur Tarnung.

Wir sind insgesamt acht Passagiere und ein Fahrer.

Der Entführer arbeitet allein.

Mä-dels.

Gut ...

Ihr dürft zu zweit gehen.

Aber macht hinne.

Wieso überrascht Sie das?

Hätt ich nich' ge-dacht.

Aber klar.

Da biste ja wieder.

Puh.

Hier könnte es klappen.

Neben der Toilette.

Kein Wunder, dass uns bisher niemand aufgespürt hat!

da-Reise

Bu

Was zum Himmel ...?!

Was?

Wer weiß, was noch auf uns zukommt? Möchtest du dieses Risiko etwa eingehen?

Wollen wir beide einfach fliehen? Hier und jetzt?

Sag mal ...

Wenn jetzt alle anderen aus diesem Grund getötet werden sollten ...

Der Wuschelkopf hat doch recht, oder nicht?

Kann es uns nicht egal sein, was mit den anderen passiert?

Mo- ment ...

Das ist falsch!

... wäre das trotzdem nicht unsere Schuld.

Bestimmt könnten sie auch leichter agieren, wenn keine Frauen da sind.

Ist ja nicht so, als würden wir sie kennen.

Wie kannst du nur so etwas vorschlagen?!

Du bist doch eine Journalistin!

Selbst jetzt noch?

... du bist ja ganz schön artig.

Meine Güte ...

Es wäre doch dumm, diese Gelegenheit nicht zu nutzen.

Es wäre nicht feige von uns, wegzurennen, damit wir die Behörden verständigen können. Ganz im Gegenteil.

Ich werde ...

... auf keinen Fall fliehen.

Mit fünf Minuten pro Person wären das immer noch 45 ...

Damit lässt er sich ganz schön viel Zeit.

Heda, du am Lenkrad! Du kannst auch aufs Klo!

Nacheinander ...?

Jawohl ...

Ich hab mir 'ne Erwachsenenwindel besorgt.

Was ist mit dir?

Sonst wärt ihr doch über alle Berge, während ich pissen gehe.

Ihr seid spät dran!

Auf geht's, weiter im Programm!

... die die Lage für ihn überprüfen und sicherstellen, dass uns niemand folgt ...

Das bedeutet wiederum ...

... dass Komplizen involviert sein müssen ...

Oder irre ich mich da?

Was heißen muss ...

... dass er sich ziemlich sicher sein muss, nicht verfolgt zu werden.

Nun ...

Da stellt sich die Frage ...

Dann würde es auch nichts bringen, zu fliehen.

Man würde nicht weit kommen.

Es ist komisch, dass außer uns niemand hier ist. Egal, wie abgelegen dieser Ort ist.

Das könnte natürlich sein.

Dann wird sicherlich ein Komplize meinen Zettel finden.

Der Entführer ...

Er scheint uns ...

... auf irgendwelche Ideen bringen zu wollen.

... weshalb er uns damit drohen musste, alle umzubringen, falls jemand flieht?

Ist das nicht seltsam?

Er hätte uns einfach sagen können, dass seine Komplizen uns abfangen werden.

An mir ist überhaupt nichts bemerkenswert.

Ich finde deine Gedankengänge ziemlich bemerkenswert.

Mittlerweile gefällt mir, wie dein Name klingt.

Totono-kun ...

TSSS

Weiß hier einer, wo wir grade sind?

Leider nicht.

Was?!

... aber selbst wenn du einen regulären Bus dieser Linie erwischt hättest, wärst du damit nicht zum Museum gekommen, Totono-kun.

Vermutlich wolltest du in den nächsten Bus steigen.

Es spielt zwar keine Rolle mehr ...

Ich hätte mir das früher vornehmen sollen.

ressionismus-Ausstellung

ausstellung

aufsticker

Letzten Endes habe ich es nicht mehr dorthin geschafft ...

140

Heißer Kaffee während einer Busentführung ...

Den hätte ich auch holen sollen.

Heißer Kaffee ...

Riecht gut.

Eine bizarrere Kombi kann man sich nicht ausdenken.

HUvvv

BRUMM

Na also.

Es kann weitergehen.

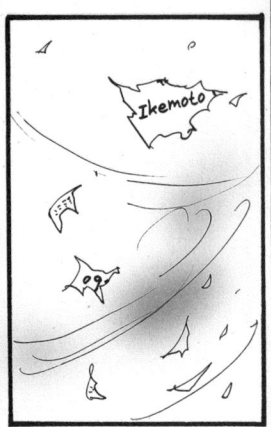

BRUMM

Ikemoto

Könnten Sie uns vielleicht verraten, wo unser Ziel liegt?

Aber wohin?

Sie sagten, es ginge weiter ...

KLONK

... ob's hier jemanden gibt, der schon mal jemanden kaltgemacht hat.

Klingt doch spannend.

Oder?

Verratet mir ... ... doch einfach mal ...

KLONK

KLONK

KLONK

KLONK

KLONK

Ich seh schon, du willst schwätzen.

Na schön.

Dann will ich euch das nächste Thema nennen.

Unsere Runde is ja wieder beisammen.

Ich könnte doch niemals ...

... einen Menschen ...

Narazaki, Alterchen. Haste Leichen im Keller?

Was zum ...!

Willst du damit irgendwas andeuten?!

Mach den Anfang.

Glaubst du wirklich, dass jemand wie ich ein Mörder sein könnte?!

Ich bin mein Leben lang pflichtgemäß meiner Arbeit nachgegangen!

Wo ...

Wo denkst du hin?!

Na, sieh mal an!

Hat dein Hirn dir doch noch was ausgespuckt?

KLONK

... warum man andere Leute nich' umbringen sollte?

Was ist der Grund ...

KLONK

KLONK

KLONK

KLONK

Na schön.

Dazu 'ne Gegenfrage.

Warum nicht?

Was 'n geiler Klang.

Warum glaubt ihr, dass es falsch wäre, Leute abzumurksen?

Also?

So schwer war die Frage auch wieder nich', oder?

Rira, was sagst du 'n dazu?

Wenn die Antwort so offensichtlich wär ...

... müsst ich ja nich' extra fragen, oder?

Die Antwort darauf sollte doch offensichtlich sein!

Was soll das?!

Denkste etwa auch, dass Töten was Böses is?

Kannste auch sagen, warum?

Ist doch klar.

Nein.

Schon mal jemandem das Licht ausgepustet?

Was denkst 'n du?

Kashiwa, Gnädigste.

Heißt das jetzt, dass ich andere töten darf?

Na schön.

Ich hab nix dagegen, zur Strecke gebracht zu werden.

Was du nicht willst, das man dir tu, das füg auch keinem andern zu. Das weiß doch jedes Kind!

Na, warum wohl?!

Man will eben selbst nicht von jemandem umgebracht werden, oder etwa doch?!

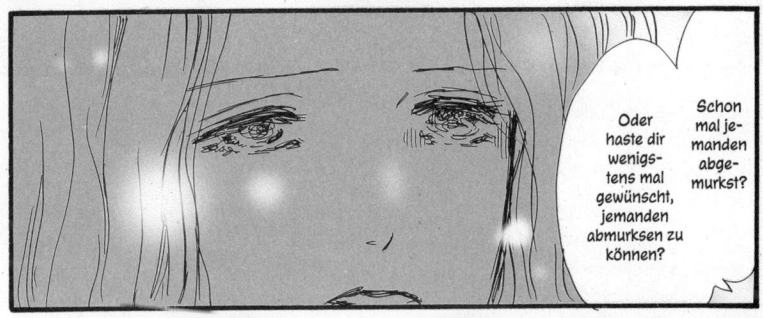

Oder haste dir wenigstens mal gewünscht, jemanden abmurksen zu können?

Schon mal jemanden abgemurkst?

Heda, Schönling!

Was is'n mit dir?!

Wenn's so klar is, könnt ihr's mir einfach sagen ...

... oder nich'?!

Ey ...

Was is'n hier los?

Hat hier keiner 'ne Antwort auf meine Frage?

Bitte ...

Hören Sie auf damit ...!

Bestimmt biste auch der Meinung, dass das falsch is, was?

Kannste sagen, warum?

145

Ich denke, der Grund ist der, dass man den Hinterbliebenen damit Kummer bereitet.

Etwa der Familie des Opfers.

Halt's Maul!

Ah, Awaji-kun!

Wen haben wir noch?!

Den Gedanken halte ich für Haarspalterei.

Wenn's also keine Familie gibt, die dem armen Schlucker nachtrauern würde ...

... wär's okay, jemanden zu töten?

Ach was ...

Warum is das so?!

... andere Leute umzubringen?!

Warum soll's verboten sein ...

Kann's jemand sagen?!

Nein ...!

Wenn dich also niemand einbuchtet, wär's okay für dich?

Außerdem will ich wissen, warum das 'n Verbrechen sein soll!

Es ist eben halt illegal!

Ich meine ...

Ich will doch nicht gegen das Gesetz verstoßen, um danach verhaftet zu werden!

Streng genommen ist das gar nicht verboten.

Es gibt nichts, was besagt, dass man das nicht tun soll.

Warum sollte man dann verhaftet werden?

Unsinn!

Weil die Handlung über das Strafstatut reguliert ist.

Es gibt keine Verordnung, die explizit aussagt, dass man keine Menschen töten soll.

Wie?! Ist das echt wahr?!

Der Gesetzgeber untersagt es uns per se nicht, anderen Menschen das Leben zu nehmen.

... liefert uns das Gesetz nicht.

Allerdings ...

... weshalb es falsch sein soll zu töten ...

Einen Grund ...

... ist uns allen bewusst, dass wir die Bequemlichkeit einer stabilen und friedlichen Gesellschaft nur dann genießen können ...

... wenn wir uns an den Grundsatz halten, niemanden zu ermorden.

Was gibt er da bitte von sich?!

Heutzutage ...

... gilt es tatsächlich als falsch, andere Menschen umbringen zu wollen.

Nun ...

Ah, damit meinte ich kein weiches Bett oder so ...

Das hab ich schon kapiert!

Was sachste ...? Bequem ...?

KLONG

KLONG KLONG

... desto eher wird man als Kriegsheld gefeiert.

Je mehr Feinde man niederstrecken konnte ...

Ganz im Gegenteil ...

... haben viele von uns plötzlich kein Problem mehr damit.

Aber sobald wir uns in einem Krieg befinden ...

... weil geltende Prinzipien je nach Bedarf fallen gelassen werden.

Die gesamte Thematik ist durchzogen von Widersprüchen und Heuchelei ...

Da frage ich mich ...

Gleichzeitig ist es aber in Ordnung, andere Länder aus der Luft zu bombardieren.

Hierzulande möchten wir das Morden verbieten ...

In der Tat ...

... Menschen das Leben genommen.

... irgendwo auf dieser Welt ...

... wird in jeder Sekunde ...

Das würde mich brennend interessieren.

... versuchen würden, Kindern eine solche Maxime glaubhaft zu vermitteln?

... wie Menschen, die so denken ...

... sollten Sie vielleicht einmal solchen Gegenden auf unserer Welt einen Besuch abstatten.

Aus diesem Grund ...

KLONG KLONG

KLONG

Wissen Sie ...

KLONG

Nee, ich ...

Was?

Wie dem auch sei.

Demnach dürfte selbst ein Einreiseverbot ...

Sie scheren sich ja nicht um geltende Gesetze.

... kein Hindernis für Sie darstellen, oder?

In manchen Ländern würden sie selbst Leute aus dem Ausland rekrutieren.

Sie hätten vermutlich nicht einmal Zeit, Ihre Frage komplett zu stellen.

»Warum soll es falsch sein, andere zu t...«

Und zack!

... nach Ihrer Ankunft sofort umgebracht zu werden.

Sie müssen wohl damit rechnen ...

... haben Sie dem glücklichen Umstand zu verdanken, dass alle anderen hier noch Wert auf Recht und Ordnung legen.

Auch, dass Sie bislang noch nicht umgebracht worden sind ...

... aber das Wort haben wir selbst erfunden.

Nebenbei bemerkt, sprechen wir in Japan des Öfteren von »Bus-jacking« ...

Aus die-sem Grund glaubt auch niemand, dass es in Ordnung wäre, einem Busentführer den Garaus zu machen.

Niemand käme im gewöhnli-chen Alltag auf die Idee, jemanden zu ermorden ...

... oder hegt dies-bezüglich ernsthafte Absichten.

Im Englischen ist unabhängig vom Fahrzeug stets von »Hijacking« die Rede.

Den meisten stellt sich diese Frage erst gar nicht.

Tja ...

»Warum sollte es falsch sein, Menschen zu töten?«

... weshalb Sie bislang noch nicht in die ewigen Jagdgründe geschickt wurden.

Und dass wir alle dieser Sorte von Mensch angehö-ren ...

... ist der Grund ...

Damit …

… bereiten Sie den anderen massive Umstände.

… bestehen aber darauf, sich im Stabhochsprung messen zu wollen.

Im Prinzip …

… sind Sie zu einem Schwimmwettkampf erschienen …

Ich sehe das so …

KLONG

… wenn es das ist, was Sie wollen.

… zu einem Wettkampf im Stabhochsprung zu gehen …

… würde ich Ihnen vorschlagen …

Jedenfalls …

Das war eine Metapher.

Bei mir is aber nix mit Stabhochsprung!

Niemand wird auf den Zug des anderen warten.

Dort gelten keinerlei Regeln.

… herrschen weder Ordnung noch irgendwelche Grundsätze.

Aber …

… bei dem Wettkampf, zu dem Sie sich begeben wollen …

Genau das ...

... ist der Wettkampf, für den Sie sich entscheiden wollen.

Die anderen Teilnehmer werden versuchen, Ihren Sprungstab entzweizubrechen.

Darauf müssen Sie eingestellt sein.

Mögen Sie einen solchen Ort mal aufsuchen?

Also, was sagen Sie?

Wie dem auch sei ...

Biste immer noch nicht fertig?!

Andererseits ...

Im Falle eines Krieges ...

... wären es sicherlich äußerst praktisch ...

... Menschen wie Sie bereits vor Ort zu haben.

Falls Sie das denken ...

Möglicherweise möchten Sie der Einzige sein, der andere töten darf?

Womöglich ...

... möchten Sie solche Orte lieber doch meiden?

... sieht das Ganze wiederum ganz anders aus.

Vielleicht sehen Sie es gar nicht ein, sich töten zu lassen?

... würde ich sagen ...

Wenn das so wäre ...

... dass Sie damit versuchen, einen ernsthaften Minderwertigkeitskomplex auszubügeln.

Oder aber ...

... der andere Menschen kontrollieren möchte.

Sie wären bloß jemand ...

... der anderen Menschen überlegen sein will.

... Sie ergötzen sich bloß am Leid anderer Leute.

Wer weiß?

Oder einer ...

FUMP

159

Sie können anhalten!

Wie ...?

Ist ja wunderbar!

He, Sie da vorne! Wir sind jetzt endlich in Sicherheit!

KLATSCH KLATSCH

Nicht übel!

... hätte ich dem schon früher gezeigt, was 'ne Harke ist!

Aber wär ich noch so alt wie du ...

Oh ...

Danke schön.

Alles in Ordnung?

Also echt.

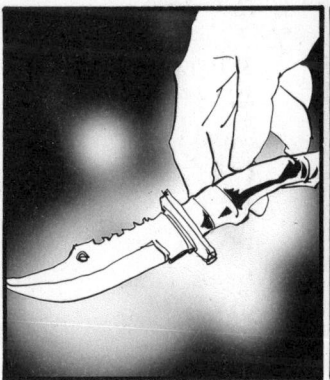

Oh Mann ...

Sorry, Bruder ...

Wie oft ...

... habe ich dir gesagt, dass du dich im Zaum halten sollst?

Ich muss euch darum bitten ...

... euch weiterhin an den geplanten Ablauf zu halten.

Es war nicht Teil des Plans ...

Es tut mir zwar leid ...

... dass ich hier bereits auffliegen würde.

Warum nur ...?!

Sakamoto, du ...!

Ich glaub es nicht!

Ihr beiden steckt unter einer Decke?!

W...

Was geht hier vor sich?!

... aber Sie müssen die Fahrt fortsetzen, Herr Busfahrer.

Solche Leute nennt man dann »Mörder«.

... und beharrlich darauf besteht, sich im Stabhochsprung messen zu wollen.

Selbst wenn alle die Regeln einhalten und ihren Spaß haben ...

... kann es jemanden geben, der zum Schwimmbecken kommt ...

Totonokun.

Aber weißt du ...

Deine Ansichten gefallen mir.

Ein
Mörder
...

Ein
»Mör-
der«
...?

Danke,
sehr nett.

Kommst
du hoch?

Wenn
ich sie am
linken Arm
tragen würde,
käme sie mir
dauernd in
die Quere.

Dass
du in die-
ser Lage
auf so
was ach-
test ...

Ja, weil
ich Links-
händer
bin.

Oh ...

Du trägst
ja deine
Armbanduhr
am rechten
Gelenk.

Wobei ich
sagen muss,
dass sie mir
trotzdem
gefallen.

Denkst
du?

Stören
Armbanduhren
nicht eher im
Alltag?

Totono-kun.

Guter Einfall.

Ah.

Das ergibt Sinn.

... damit ich mir abgewöhne, dauernd aufs Handy zu schauen und mich abzulenken.

Es ist schon sechs.

Ich trage sie ...

... ver- rechnet hast?

Könnte es sein, dass du dich gerade ...

Wahr- scheinlich wolltest du die Grenzen austesten.

Schauen, wie weit sich das Gummiband ziehen lässt, bevor es zu- rückschnellt.

Das Ganze ...

... war doch Teil eines Plans, oder?

Bitte?

...
heißt
das
wohl
...

... dass
du ihn
selbst unter
Beobachtung
gestellt hast,
nicht wahr?

Nein,
das lag
nicht in
meiner
Absicht.

Aber
da du davon
ausgegangen
bist ...

Im
Prinzip
...

... hast
du ihn
analysiert.

Oho.

Sowohl
Sho als
auch Totono
werden auf
Japanisch ...

... mit einem
stummen »u«
geschrieben,
das die O-Silbe
verlängert.

?

Jetzt,
wo
du es
sagst
...

Unsere
Namen en-
den ja auf
derselben
Silbe.

»Oho«
?

Wir beide
scheinen uns
nicht unähnlich
zu sein.

Dir ist so was wohl einerlei.

Oh.

Ach ja?

... schwermütig, kühn und nüchtern sein sollen.

Man sagt, dass Menschen, deren Namen auf »u« endet ...

Oh, das ist dir wohl auch einerlei.

Hm. hm.

Das »Kuma« in deinem Nachnamen heißt ja auch »Bär« ...

Übrigens, ich ziehe zu Hause eine Pflanze auf, die als »Bärenkind« bezeichnet wird, auf Japanisch »Kumadoji«.

Ihre Gedankenwelt soll schwer zu durchschauen sein.

Gar nicht mal so nett, oder?

Für gewöhnlich wäre ich hingegangen.

In letzter Zeit kam mir vieles dazwischen.

Warst du schon dort?

Du willst also das Thema wechseln.

Du hattest ja vor, dir heute die Impressionismus-Ausstellung anzusehen.

Gefallen dir Kunstwerke eigentlich, Totono-kun?

Dramatisch, unverblümt und fühlbar?

Eigentlich liegt mir dramatischere, unverblümtere und fühlbarere Kunst eher.

Ich war lange Zeit nie so recht an Impressionismus interessiert.

Im Musée de l'Orangerie.

Einmal konnte ich mir die »Wasserlilien« von Monet in Paris ansehen.

Was soll das heißen?

Rembrandt zum Beispiel.

Ahh.

Tatsächlich?

Wie beneidenswert.

Ihr Stil war so neu, dass zeitgenössische Koryphäen und Kritiker ...

Als die ersten Kunstwerke dieser Epoche herauskamen, galten sie als geradezu beispiellos.

Soso.

... bloß vernichtende Worte für sie übrighatten.

... habe ich mich dann mit der Herkunft des Begriffs »Impressionismus« beschäftigt ...

Je-doch ...

... woraufhin meine Neugier geweckt war.

Solche Kritik hagelte es.

Man habe künstlerisch anspruchsvollere Kritzeleien gesehen.

Der Namensgeber war Monets Seestück »Impression, Sonnenaufgang«.

... sie seien nichts weiter als ein bloßer Eindruck, also eine »Impression«.

Es hieß ...

Ich sehe, dir scheint der aufsässige Geist dieses Stils zu gefallen ...

... hab ich recht, Totono-kun?

Dabei ...

... war diese Bemerkung als Beschimpfung gemeint.

Und so nahm alles seinen Lauf.

»Impression also?«

»Dann nennen wir es doch Impressionismus!«

Oho?

Geht mir genauso.

Dann schlage ich vor, dass wir uns alle wieder unterhalten.

Aua ...

Ich sehe, dass ihr allmählich wieder in Stimmung kommt.

RATTER RATTER

Erzählt mir doch ...

Also ...

Einer nach dem anderen.

... welche Art und Weise zu sterben ihr am grausamsten fändet.

Natürlich nicht.

Stell dir das einfach als Interessenumfrage vor.

W...

Wollt ihr etwa ...

... dieses Wissen nutzen, um uns alle auf die jeweilige Methode hinzurichten?!

ZITTER

Ieks!

Kann ich verstehen.

Hast du eine andere Antwort parat?

Also dann, Narazaki-san ...

Durch Krankheit.

Du bist die ganze Zeit so still ...

Koba-yashi-kun.

Fang du an.

Aber ...

... lässt mich am ganzen Körper erschaudern.

... aber genau in diesem Moment wieder aufzuwachen ...

... der Gedanke, in einem Sarg zu stecken, der gerade verbrannt werden soll ...

Ich ...

... in dem ich auch Krankheiten am meisten fürchte.

Mittlerweile habe ich ein Alter erreicht ...

Ich ...

... möchte auf keinen Fall ertrinken.

Ich, äh ...

Awaji-kun.

Was ist mit dir?

Verstehe.

Es gibt wohl nichts Schlimmeres, als das am lebendigen Leib erleben zu müssen.

Hilfe ...

Seitdem habe ich Angst davor.

Einmal ...

... wurde ich nämlich von der Strömung des Meeres mitgerissen.

Kannst wohl einfach nicht den Mund halten.

Du schon wieder.

... habe ich gehört.

Verst...

Wenn man zu ertrinken droht ...

... soll man unter keinen Umständen seine Hände heben ...

Wie bei einem Eisberg.

Wenn sich Menschen im Wasser befinden ...

... sind sie nur dazu imstande, maximal zwei Prozent ihres Körpers über der Oberfläche zu halten.

Es wäre besser ...

Durch diesen Trick kann man verhindern zu ertrinken.

... wenn man diese zwei Prozent nutzen würde, um sein Gesicht über Wasser zu halten.

Somit ...

... wenn man diese zwei Prozent für seine Arme aufbraucht.

... wäre es also Verschwendung ...

Dadurch bleibt nämlich der Kopf unter Wasser.

Ist das echt so?

Wirklich ...?

Wow.

Verstehe.

Diese Denkweise ...

... halte ich persönlich für ziemlich fragwürdig.

Ich will ...

Kashiwa-san.

... im Kreis meiner Familie dahinscheiden.

Mach du weiter.

Klingt ja fast schon zu einfach.

Ist es aber bestimmt nicht.

... einsam sterben.

Ich möchte nicht ...

Nur weil jemand alleine stirbt ...

... heißt das nicht, dass diese Person kein schönes und erfülltes Leben hatte.

Das ist ein boshaftes Vorurteil.

... als bedauernswert zu verurteilen.

... sie alle ausnahmslos ...

Es ist nicht fair ...

Es wird immer mehr Leute geben, die sterben werden, ohne jemanden um sich zu haben.

Dass der Leichnam zum Beispiel sofort ausfindig gemacht werden kann ...

Wenn man ein Verfahren einrichten könnte, das sich systematisch um solche Fälle kümmert ...

Das eigentliche Problem tritt ja erst nach dem Tod auf.

Ganz genau.

Das habe ich mir auch schon eine Weile gedacht.

... wüsste ich nicht, was dagegen sprechen würde, auf seinen Wunsch hin alleine zu sterben.

Man soll ja rechtzeitig entsprechende Maßnahmen vornehmen, um seinen Mitmenschen nicht zur Last zu fallen.

Die Säuberung soll ziemlich aufwändig sein.

Du auch noch?

... vielmals um Vergebung.

Ich bitte Sie ...

Das war jetzt nicht speziell gegen Sie gerichtet ...

Es ...

RATTER RATTER

Es wäre schön ...

Ich meine ...

... ist sicher etwas Schönes.

... im Kreis seiner Familie für immer seine Augen zu schließen ...

... tut mir so leid.

... wenn Menschen nicht aufgrund ihrer Todesumstände verurteilt werden würden.

Das ist zwar nett, aber ich glaube nicht, dass ich währenddessen gesehen werden möchte.

Huch?

Soll ich dich bis zu deinem Tod pflegen?

Ich vermute, dass ich alleine aus dem Leben scheiden werde.

Nehmen wir das in Angriff, nachdem das Ganze hier vorbei ist.

Klar doch.

Hurra.

Würdest du mich vielleicht einmal besuchen kommen?

Apropos, Sho-kun ...

Ich glaub, in deinem Alter musst du dir über so was wirklich noch keine Gedanken machen.

Wenn ich in einen Unfall geraten oder ermordet werden würde ...

... würde es mir missfallen, falls mein Tod als Suizid in die Akten eingehen würde.

... sagte ausgerechnet der Busentführer.

FRUST

Der muss ständig seinen Senf dazugeben!

Siehste?!

Das geht mir so auf'n Sack!

Welche Todesart wär dir zuwider?

Totono-kun.

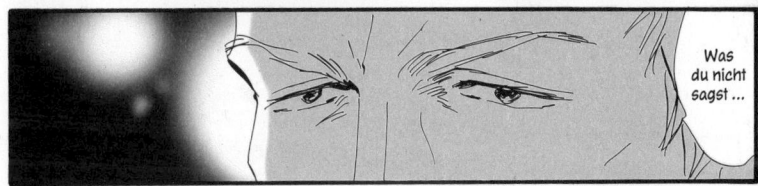

Was du nicht sagst ...

Tja ...

... würde ungern begraben werden.

Also ich ...

Du denkst viel über dich selbst nach, was?

Was ist mit dir ... ... Kumada-kun?

WIIK

RUMMS

RATTER RATTER

Da ist eben ...

... ein Tier vor das Fahrzeug gerannt!

Verzeihen Sie mir!

Was ist da vorne los?!

Vor allem nicht ...

... wenn ich noch lebendig wäre.

Mir ... geht es genauso.

Ich will auch nicht lebendig begraben werden.

Liegt unser Ziel etwa im Gebirge?

RATTER RATTER

Ein Tier ...?

Ach stimmt, wir fahren schon die ganze Zeit bergauf.

... wirklich die Hölle, was?

Das wär wohl ...

Stimmt ...

... Busentführung ich doch geraten bin.

In was für eine ...

... überaus skurrile ...

RRAT

RRRAT

Zappenduster ...?

Es ist zappenduster.

Also viel bringt das nicht.

Also gut.

Ihr könnt die Vorhänge öffnen.

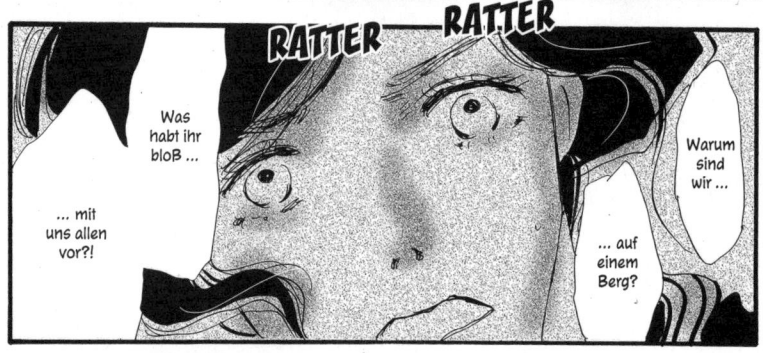

RATTER — RATTER

Was habt ihr bloß ...

... mit uns allen vor?!

Warum sind wir ...

... auf einem Berg?

Shoyo Country Club

RATTER   RATTER

RATTER RATTER

In den Bergen ...

... wird's echt dunkel, hm ...?

RATTER RATTER

Das gleiche »Sho« wie bei »Sho«-kun.

Ach, wahrscheinlich ist das gar nicht ...

Stimmt, hätte ich fast vergessen.

Sorry.

... Ihr richtiger Name.

Da ist etwas, das mich schon die ganze Zeit beschäftigt ...

Saka-moto-san ...

RATTER RATTER

Ach, übrigens ...

Interessant.

Garo ...

... und Otoya.

»Garo« klingt auch ziemlich ungewöhnlich.

Nun, wie soll ich sagen ...

Also, was ist es denn, das dich beschäftigt?

Mein Name lautet ...

... Garo Inudo.

Otoya ist mein jüngerer Bruder.

Nicht nur die Wortwahl ...

Ihr Bruder ... meinte daraufhin ...

... dass wir gerade mal zwei Uhr hätten ... nicht wahr?

... auch die Tatsache, dass diese Antwort sofort kam, fand ich etwas seltsam.

... ob noch wir vor drei Uhr entlassen werden könnten.

Ich hatte ja ganz am Anfang die Frage gestellt ...

Aber offenbar wussten Sie schon, dass das Ganze länger dauern würde.

... oder nicht?

... würde man antworten, dass das von den Personen abhängt, die das Lösegeld zahlen müssen ...

Bei einer gewöhnlichen Busentführung ...

Hm.

Dein Kopf hört wohl nie auf zu arbeiten, was?

... müssten also wir sein, habe ich recht?

Folglich war eine Lösegeldverhandlung nie Teil des Plans.

Die Zielpersonen dieser ganzen Sache ...

... aber die Busentführung findet hier nun ihr Ende.

Die Reise war lang ...

Was?

Hä?

... liegt unser Ziel.

Dort hinten ...

Ich heiße euch herzlich willkommen.

Hiermit seid ihr alle auf das Anwesen der Familie Inudo eingeladen.

Nenn es nicht Mystery, Band 1 – Ende

Tamtam mit Tamura

by Tamu

Vielen herzlichen Dank, dass ihr euch den ersten Band von Nenn es nicht Mystery besorgt habt?

Falls er euch auch nur ein bisschen Vergnügen bereiten konnte, würde mich das schon freuen?

Hallöchen? Oder besser gesagt: Nett, euch kennenzulernen?

Ich hoffe, dass ihr die kalten Tage gut übersteht.

Das sind meine Katzen.

← Roger

Alex →

Stellenweise wirkt das Ganze wohl wie ein Bühnenstück ...

... weil die Handlung aus Unterhaltungen in geschlossenen Räumen besteht.

Bisher bestand die Handlung nur daraus, dass Totono plappert wie ein Wasserfall.

Ich bin untröstlich ...

Als ich darüber nachgedacht habe, dass Signatursprüche in solch einer Geschichte eher fehl am Platz wären ...

PLING

... kam mir ein schauriger Einfall.

Ich glaub, ich mag krauses Haar.

Das finde ich total super.

Alle, die ich kenne, nennen ihn stets »Totono-kun«.

... aber ich wollte mich einfach mal an diese Idee heranwagen.

Also ich mag's –

A... Aber wie seht ihr das?

Ich war mir erst nicht sicher, ob das guter Stoff für einen Manga ist ...

POCH POCH

Auch wenn ich es zum Schmunzeln fand, habe ich die Idee sofort verworfen.

Ach du Schande ...

Kommt nicht in die Tüte!

Alles ist in Totonordnung!

Ich werde eine persönliche Website einrichten. Sie wird wahrscheinlich online sein, sobald der Band in Japan erschienen ist, und nur eine Zeit lang zugänglich sein. Dort werde ich verschiedene Mitteilungen posten, sei es über meine Werke (inklusive natürlich die Eskapaden von Totono-kun), über meine Katzen oder auch über irgendwelche Kritzeleien und Gedanken, die ich mit euch teilen möchte. Seht gerne mal vorbei!*

Link zur Website:
https://tamurayumi.com/

.Jedenfalls markiert das hier den Grundstein der Reihe.

Über Kommentare freue ich mich♥

Ich wünsche euch auch weiterhin viel Spaß beim Lesen♥

Bleibt gesund und haltet euch warm♥ Bis dann♥

ENDE

*veröffentlicht 2018, mittlerweile nicht mehr online

Gruß der Autorin

Hallo miteinander! Danke, dass ihr
zu diesem Manga gegriffen habt. Ich
wäre schon glücklich, wenn er euch auch
nur ein bisschen Freude bereitet.
Viel Spaß mit Totono!

Profil der Autorin

★ Geboren am 5. September (Jungfrau) in
der Präfektur Wakayama, derzeit in Tokyo
wohnhaft, Blutgruppe 0 ★ Hatte ihr Debüt
im September 1983 in einer Sonderausgabe
des *Betsucomi*-Magazins mit dem Oneshot
Oretachi no Zettai Jikan* ★ Zu ihren be-
rühmtesten Werken zählen *BASARA*, *7 SEEDS*
und *Neko Mix Genkitan Toraji* ★ Derzeit in
der monatlichen sowie in der Sonderausgabe
des *Flowers*-Magazins regelmäßig aktiv!

*englischsprachiger Titel: *This is the Time for Us*, bislang nicht in Deutschland erschienen

TOKYOPOP GmbH
Hamburg

TOKYOPOP
1. Auflage, 2024
Deutsche Ausgabe/German Edition
© TOKYOPOP GmbH, Hamburg 2024
Aus dem Japanischen von Tony Toshimitsu Tran

MYSTERY TO IUNAKARE Vol. 1
by Yumi TAMURA
© 2018 Yumi TAMURA
All rights reserved.
Original Japanese edition published by SHOGAKUKAN.
German translation rights in Germany, Austria, Liechtenstein
and German speaking areas in Switzerland, Belgium,
Italy and Luxembourg arranged with SHOGAKUKAN
through VME PLB SAS.
Original cover design: Chie SATO + Bay Bridge Studio

Redaktion: Natalie Tonak
Lettering: Vibrant Publishing Studio
Herstellung: Mathias Neumeyer
Druck und buchbinderische Verarbeitung:
CPI – Clausen & Bosse GmbH, Leck
Printed in Germany

MIX
Papier
FSC FSC® C083411

Wir achten auf die Umwelt.
Dieses Produkt besteht aus FSC®-zertifizierten
und anderen kontrollierten Materialien.

ISBN 978-3-8420-9686-8

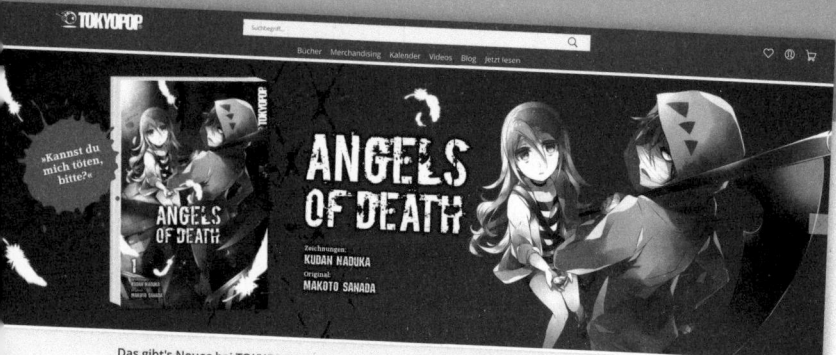

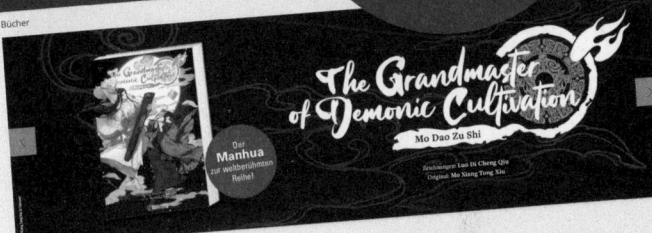

Leseproben, Poster, interessante Artikel und alle Infos zum aktuellen Programm – mit unserem Magazin bist du immer bestens informiert!

Im Handel und auf tokyopop.de

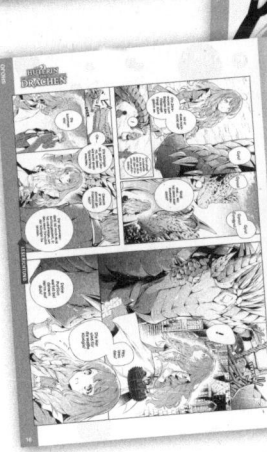

STOPP!

**Dies ist die letzte Seite des Buches!
Du willst dir doch nicht den Spaß verderben
und das Ende zuerst lesen, oder?**

Um die Geschichte unverfälscht und original-
getreu mitverfolgen zu können, musst du es
wie die Japaner machen und von rechts nach
links lesen. Deshalb schnell das Buch um-
drehen und loslegen!

So geht's:

Wenn dies das erste Mal sein
sollte, dass du einen Manga
in den Händen hältst, kann dir
die Grafik helfen, dich zurecht-
zufinden: Fang einfach oben
rechts an zu lesen und arbeite
dich nach unten links vor.
Viel Spaß dabei wünscht dir
TOKYOPOP®!